catch

catch your eyes；catch your heart；catch your mind……

catch095　我的低傳真彩虹生活（My Lo-Fi Rainbow Life）唐愷希／圖文　責任編輯：韓秀玫
法律顧問：全理法律事務所董安丹律師　出版者：大塊文化出版股份有限公司
台北市105南京東路四段25號11樓　讀者服務專線：0800-006689
TEL：（02）87123898　FAX：（02）87123897　郵撥帳號：18955675　戶名：大塊文化出版股份有限公司
e-mail：locus@locuspublishing.com　　www.locuspublishing.com
行政院新聞局局版北市業字第706號　
總經銷：大和書報圖書股份有限公司　地址：台北縣五股工業區五工五路2號
TEL：（02）8990-2588（代表號）　FAX：（02）2290-1658
初版一刷：2005年7月
定價：新台幣250元　ISBN986-7291-46-8　　Printed in Taiwan

My Lo-Fi Rainbow Life

{我的低傳眞彩虹生活

圖/文★唐愷希

過程真的太漫長了，

以致於，我甚至記不清楚那個開頭的時間點在哪。
只記得當初一心想出本書，卻自信不夠，而且對自己的事總是不如對別人的事情般積極，整個少女時期的夢想就被自己那樣晾在一邊，然後偶而跑跑書店翻新書時，又會因為翻到一些莫名其妙毫無魅力可言的書而生悶氣。

後來透過好朋友怡君的介紹，輾轉認識了我現在的經紀人惠玲姐。當時大約才十九二十吧，沒什麼社會經驗也沒什麼大抱負或理想，畢竟不是能走演藝圈的料，一開始聽到經紀人三個字，還真是嚇得我魂飛魄散；心想：「天，我幹嘛要經紀人，我能幹嘛呀我？？」直到跟惠玲姐輕鬆、但也正經的幾次懇談後，聊到了我的夢想和我的煩惱，許許多多，這才感受到在我們之間有一股充滿信任又溫暖親切的力量正開始打起蝴蝶結，從惠玲姐那裡我得到了許多精神上的力量，我開始思考一些比較深入的事情，並且第一次試圖探索自己心裡真正的力量和趨向。

我大約從十五歲就開始在ＢＢＳ上寫新詩，十六歲時自己作了個網站，十七歲時因為極度柔軟的少女情懷，開始在固定的本子上畫圖紀錄心情，十八歲開始發電子報，十九歲初戀終結，轉二十歲時遇到我的惠玲姐。雖然一直是持續的以不同方式創作，卻總是無法真的為我的創作抓出一個中心，又或者直接一點，我無法捉模出一個書的系統，也因為如此，我在一開始被磨練的過程中，是不停的自己讓自己受挫，也經常興起放棄的念頭。

永遠忘不了少女時期大哭和心碎的那幾個星期，我是藉著妙如與玫怡的交換日記來撫平自己的傷，書中那些貼近人心和生活的氣質，還有體悟或是笑點，都能讓我深深投入其中而無暇少女空垂淚，媽媽也很喜歡她們的書，我們每本都買，也經常拿出來交換著翻和笑，交換日記系列真的是我潮濕時期的最大精神支柱。當時我心裡就想，好嚮往這樣樸實又清新的出版氣質，畢竟我在灑狗血的功力上形同殘廢。於是我開始觀察大塊文化出的書，特別是圖文相關，只能說我真的是很感動，那種三八的心情就像是突然在路上遇到一個男生走過來，我只匆匆瞥到了他的眼睛鼻子嘴巴，但他走路的方式讓我深深驚豔－這輩子非此人不嫁了！

嗯，的確是很三八的心情，哈哈哈！

某次我無意間跟惠玲姐透露，我心中的最愛是大塊文化出版社，當時完全沒想到我跟大塊之間會產生出什麼ｌｉｎｋ，只是很單純又夢想家的提了一下，沒想到惠玲姐真的幫我把作品傳給大塊看，甚至讓我得到了一次與編輯秀玫姐見面聊聊的機會，我嚇傻了！腦中所有誇張的台劇日劇情節都一次蹦跳並自行ｒｅｍｉｘ了起來：一位眼神犀利表情冷峻妝白厚如牆的時尚女編輯，狠狠的，不留情的上下打量我，一次問清楚我的人生經歷家世背景然後以一句「可惜妳天生長得不夠稱頭」為這次會面作結。

等一下！這不是真的！老實說過程實在太久，我的確記不起來一些事情，不過我永遠都忘不了跟惠玲姐一起去大塊的那天，當我們遇見秀玫姐的第一面，她看起來很累很忙，但還是給了我們滿臉的笑容。我暗自竊喜又鬆口氣的進會議室，東扯扯西聊聊了好一陣子，我明白感受到了我真的喜愛這個環境，雖然當時我各方面都離出書還有好長一段距離，但彷彿就是在那天，我在心裡堅定下的決心，加上惠玲姐的信任與期待，還有秀玫姐的鼓勵，才能支持著我走過這麼遠又昏黃的一段路。

這幾年的時間，馴化了我原本十分不耐煩的個性，還有總是好高騖遠夢想過頭的思考方式，也因為我不斷的丟出東西，又不斷的自己推翻自己，才清楚意識到自己在各方面的進步與成長，於是相對的對自己的要求也開始提高。說起來大概有人不會相信，如果你一心想出書，又被磨了好一陣子，當某天你交出些東西，可能就要ｏｋ過關時，你應該會開心的希望這件事一直順利ｒｕｎ下去吧？而我，卻總是在那些緊要關頭一手把自己的東西推翻，甚至說服別人支持我把我交出的那些東西丟開到一邊，我可能是瘋了。

出書對我而言，並沒打算來個名利雙收，出書是一個夢想，不是工作，除了要能對將來買書的人有所負責外，最重要的是要能對自己交代，若是連我自己看了都不喜歡或者會罵上兩三句的東西，我不曉得出版的意義何在？我寧願等我年紀大了，回頭看自己的書時，是呵呵笑的想著，我以前怎麼這麼傻，好矬！也不要是百感交集的覺得很悶很丟臉，一輩子都不想再去翻一次書刺激自己的心臟。也因為是這樣，所以這整個過程在我精神上和思想上的磨練，除了來自於出版社給我的課題外，我自己似乎也經常性的在找自己的麻煩，我甚至懷疑我是否樂在其中，每天都有新的想法和反省。

從出版社到環亞的馬路口那一帶總令我倍感親切，數不清楚的下午和傍晚，數不清楚的試煉和心情起伏，無論每回我是如何的對自己感到失望與挫敗，惠玲姐總是給我超乎想像的鼓勵；常常我走進出版社電梯的那一時間臉色是極蒼白又無力的，而從電梯中走出大樓後，我臉上的笑意卻總是持續到我回家後，坐在沙發上覺得臉頰痠痛僵硬，才發現自己笑了那麼久。有一個晚上是特別可愛的，走出大塊，惠玲姐不停的告訴我她是多麼以我為榮，她問我餓不餓，臉上綻放出來的笑容是溫暖和煦的；我們倆就一起站在街邊，夾豆腐選香菇的等小販幫我們炸鹽酥雞，真難以想像會跟惠玲姐一起吃鹽酥雞！哈哈！我們一路上說說笑笑的好開心，那個晚上是我永遠無法忘記的溫暖回憶。

在這好長的一段日子裡，從年紀輕輕藏不住興奮的告知好友們我要開始寫書了，到艱難的磨練期，朋友經常性的詢問帶給我的緊張與壓力，害怕別人以為我都只是說說，害怕青春年華就要在一事無成中衰老下去；接著成長懂得低調的必要性，開始推翻自己又重整自己，周圍的人包括我父母，也幾乎都忘了我有打算出書這一回事，彷彿這件事甚至從來沒有發生過。許多精神上的壓力，對未來與時間飛散的恐懼，心靈上的不安與挫敗，在朋友與家人面前有苦說不出的悶與躁鬱，實在不是我現在隨便提一下就能夠清楚表達出來的，我甚至不是很想提，我只是很感謝，有這樣的一個機會，在我的年輕歲月中帶來了許多一般人不曾有過的精神成長與經驗，我是感激的。

有許多陪著我經歷走過這一切的人我想要感謝，希望爸爸媽媽不要吃醋，因為我第一個要謝謝的人是惠玲姐，謝謝妳在我少女情懷眼淚氾濫成災時，扮演與我分享內心話的好姐姐；在我缺乏安全感又需要鼓勵時，扮演那個疼愛我並且發自內心、不計成本投資我的好媽媽；在我傻裡傻氣天馬行空時聆聽我，扮演我最好的朋友；又同時也是我最親愛的經紀人，總是給我最多的建議、體諒、和包容，並適時的在我身後幫我推高鞦韆；惠玲姐，真的很謝謝妳！也謝謝怡君讓我有機會在那一年認識了妳。

還要謝謝大塊文化的秀玫姐，謝謝妳一直以來給我的大小課題和鼓勵，妳給我的課題，讓散漫的我開始磨練起自己，有了進步和持續的成長。還有妳的鼓勵，妳的坦率讓我深深信任並珍惜每一句妳說過的話，當妳誇獎我時，因為知道那絕對是發自真心，所以我的開心與喜悅是加倍的。謝謝妳總是在百忙之中抽空見我，妳散發一股令人安心的力量，包覆著我和我微小又宏大的夢想一直不斷往前進。

謝謝家人，特別是爸爸媽媽的開明和支持，雖然我看似一事無成，卻始終信任、支持著我，特別是在我沒有一個固定工作，彷彿不替未來打算般的自閉時期；謝謝你們總是不過問並且體諒，寫到這裡我突然百感交集有點想哭…哈哈！如果我沒有一對像你們這麼炫的夫妻當我爸媽，我八成也是走不到今天這一步，一直以來辛苦你們了，受我的氣而且常常不知道我到底在忙什麼，希望等我夢想成真後你們都能以我為榮。

最後謝謝我可愛的朋友們，雖然無法一一點名但你們一定知道我說的是你。低調行進的生活方式讓我乍看之下成了一個蹩腳的年輕人，你們卻仍然在我身邊鼓勵我和幫我，真的很謝謝你們每一個人，我們的友情是一輩子的！謝謝我的團員，你們是我在低潮空虛期中僅存的快樂來源，這樣說雖然俗不可耐，不過，謝謝你們總是和我一起分享快樂悲傷。

Dolly's Pillbox ROCKS!!!

故事還沒有完，路也還沒有走到光亮的出口，我仍然在努力進步。

:)

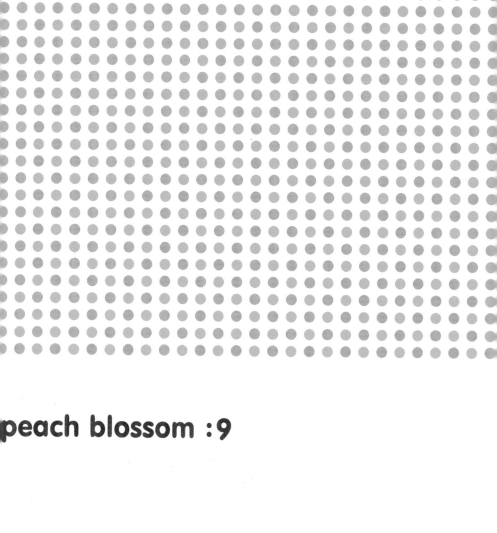

peach blossom :9

早晨
在香皂和洗髮精的水果味中醒來
星期日超美好
今天要回外婆家 :D

下午天空有突然出現一下下
很暖很暖的光

於是我拆下床邊外的窗戶
把ｍｉｋａ和幾本小故事書
一起放在屋瓦上曬太陽

宋奶奶家圍牆上開滿紫色小花
小時候跟鄰居玩家家酒
我都會把那種花用小湯匙搗碎
拌果汁吃進肚子裡

今天我聽the softies
瘀傷有好一點了

★坐在草地上　玫瑰色果漿浸濕我和由美子的面頰
★沒有人教我們怎麼咬耳朵　於是我們重覆用馬戲團的方式溝通
★柔軟的指尖走跳鋼索　默背著一串傻氣即王道的走向
★蝴蝶飛繞在膝蓋旁　兩株橘子樹苗後的窗
★紫羅蘭色的紗緩緩飛舞著　亞馬遜的顫抖藍色星星在哼唱
★老太太拎著一打衣架走近　中午要不要吃婆婆捏的貓耳朵？
★「奶奶再等一下下。」　糟　我和由美子笨拙的糾結成一球

聽說媽媽扭傷了腳　悶悶的哪都不能去
人家商務考察團一行人開開心心的又吃又逛
媽媽只能在飯店裡看些鳥不拉嘰的怪節目
早上起床的時候爸咪跟我說
媽媽已經到浙江了　聽說她扭到腳
省政府竟然派專車去接媽媽耶!!!
而且還馬上將媽媽從未見過的親人全找齊了
我真懷疑自己有沒有聽錯?
省政府?? 媽媽?? 這兩個之間有什麼關係嘛??
為什麼會特別派專車接待媽媽呢???
不過親人都找到了, 老家也找到了
相信媽媽多年下來的心願也都了了吧

外公在天上可以笑一個摟 :D

早上七點半，半邊臉青年和老眷村互鳴。
八點半，旋轉粉紅色酒窩的Cinderella。
[[註]]：2003年，沒有人穿傻氣的玻璃鞋 ☆☆☆
They’re my brilliant friends.
青春無限好。 只是

肚子餓了。

蛋餅和油膩膩的招牌非常台灣
嚼著不織布口罩和太亮的天空
筆記本上畫了兩隻貓
還有一隻無法辨識的側面的小動物

「快 快 快，告訴我所有少女的心事。」
喝完一大杯奶油和熱巧克力
眨著一夜沒睡的眼睛（無關hangover）
『他說*KISSES*，
我想回他*KISS YOUR OWN BRUISES*。』

掰拉掰拉美麗的小丹丹歐啦歐啦歐啦

眉毛像蒲公英一樣飛走的史默奇
麥克筆就是他威力無窮的槍
（各大書局雜貨店皆有販售）
低著頭畫畫他悶騷的聆聽著女孩的對話笑

笑 笑 笑
笑 笑

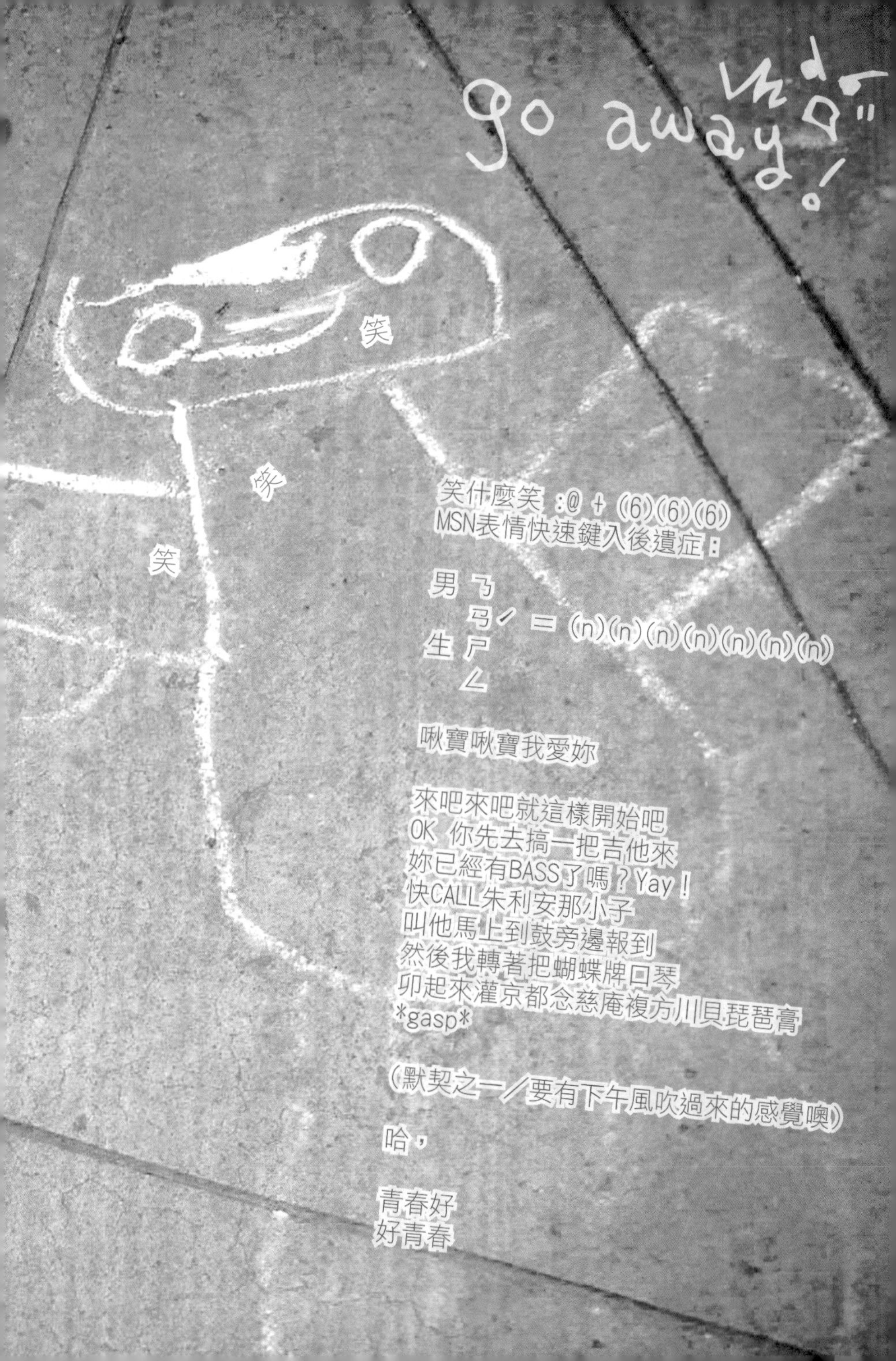

笑什麼笑 :@ + (6)(6)(6)
MSN表情快速鍵入後遺症：

男 ㄋ
　ㄢˊ ＝ (n)(n)(n)(n)(n)(n)(n)
生 ㄕ
　ㄥ

啾寶啾寶我愛妳

來吧來吧就這樣開始吧
OK 你先去搞一把吉他來
妳已經有BASS了嗎？Yay！
快CALL朱利安那小子
叫他馬上到鼓旁邊報到
然後我轉著把蝴蝶牌口琴
卯起來灌京都念慈庵複方川貝琵琶膏
gasp

（默契之一／要有下午風吹過來的感覺噢）

哈，

青春好
好青春

花色迴轉著芭比娃娃DM般的調調．只能傻傻對老先生笑
而我正梳著傻瓜瀏海．站在街邊空想發著呆呢
感謝今天下午一切美麗的美麗與溫馴．乖寶曬到太陽了

打著傘的下午·我們在陽光落地窗旁
交換著妳的巧克力餅乾冰沙·和我的巧克力奶昔
灑水的屋簷·温暖的玻璃杯·發燙的紅上衣
兩雙叫作小白雪的手·血管浮游其上的太空旅行
「其實這是一盤假裝成義大利麵的中華炒麵。」
笑·叮叮噹噹走了調的娃娃音只因為說了太多THE SIMS
我喜歡妳那大大的玩具色背包·和妳泛著果醬紅的臉頰
柏油路亮得刺眼·搭上少女牌418號公車
跳躍著的小耳朵在回家路上努力嚼著camera obscura
紙袋裡裝了剛出院的藍莓三角麵包+文藝片的happy ending
不知怎麼呢就想起BOSTON超級市場的歡樂推車
凍傷的鼻子嘴巴·內心卻是暖烘烘的七分熟
轉著月亮晚安紙燈·望著金髮胖嘟逼嘟逼老先生
為我裁剪了一碼又多好多那麼所謂一些些的布料

不知道mama到底想什麼時候回國呢????
感覺上好像已經去蠻久了耶......
如果再不回來
我跟baba就快變成超市小飛俠了
必要的手段之一:
打國際電話給mama 然後把話筒放在喇叭旁
播放mama瘋狂迷上的疊疊樂遊戲的音效
並強調baba現在已能玩到三萬多分
而mama是永遠的20分.....
我想mama會不會被激到訂隔天一大早的飛機
飛回歡樂人間疊疊樂的Taipei Taiwan....
(•▽•)/
媽媽真的去太久了
唉好久喔:O

MYLIFELIST///

你可曾試著為你生活中的人事物作出列表?

爺爺／奶奶／爸爸／媽媽／弟弟／惠玲姊／數位相機
胖白兔bonbon／小鳥豬豬和肥肥／冰牛奶／鮭魚炒飯
香皂／粉紅色的牆／馬尾巴／深藍色膠框眼鏡／笑聲
inside jokes／FRAGRANCED BALM／抓狂一族／枕頭x4
DOLLY'S PILLBOX／Jubow／Wing／Bambi／小蝴蝶吉他
Junji Ito／不開機的電話／MSN／温州街／spoon.
吃不完的平價巧克力／DVD出租店／278號公車／heyheyTAXI
minikiwi／Rebecca／Nydia／Gaga／Dad／Jerry／Justin
Little Princess／Bebe the puppy／姑媽家／外婆家
敦南誠品／台大誠品／東區練團室／7-ELEVEN／小表妹
青蘋果口香糖／床／奶奶勾的小毛毯／餘額不足的悠遊卡
好多好多的睡衣／小熊維尼大熱水瓶／CARTOON NETWORK
Photoshop／Dreamweaver／牙買加大雞排飯／眼淚／筆記本
衛生護墊／折疊腳踏車／搖控器／indie scene／mika
ALICE／Dino／Smoky／Once／Kay／morelax!／挪威森林
ALY & SKYE／Stasia／BEN／jes／還有很多很多......

【今日記】

好想念媽媽

希望媽媽能早點回家

現在的我是一隻肥大的河馬
媽媽說我本來可以是一隻小飛象
急迫的／莽撞的／消化不良的／是的
我服用過多妳的妳的於是我胖了

親吻我的額頭我的眼睫毛會灑下糖
瀏海嗅起來像是哈密瓜口香糖
舔妳的詩
吹奏妳的電話號碼
Do1 Re2 Mi3 Fa4 So5 La6 Ti7 Do8
熱水瓶笑我這是小鬼頭用的
所以直笛課總讓我頭痛
Re Mi La So Re 不能再多打了:D

聲明：這不是一首詩　呀
少女情懷總是屁

妳背誦著 S-U-G-A-R-Y
我開始肥胖、腫脹、巨大化
握著搖控器陷入脂肪鬆散的軟沙發
螢幕上標示著妳帶來的熱量
而現在我只是一隻肥大的河馬

肥大的河馬喀嚓喀嚓吃蘆葦吃水草
「哈摟？請轉接#Re-Re-Do-Ti。」
便利商店的爆米花和烤箱
總會讓我想到妳噢（blush! woo）
逼逼　波波　逼　波波

所以這算是一封情書嗎　honey honey
我努力節食ing　sugary sugary
No Sweets，No Fats　kissing kissing

啾
∩＿＿＿∩
—＼（＞▽＜）／

(super size dah!)

幼稚園大班時，喜歡一個臉紅通通的小男孩，就像長了五官的紅蘋果一樣。有一次很早到校，大班只到了三個人，那個蘋果臉的小男孩正坐在地上看故事書，有個模糊臉小孩在教室自己玩著玩著玩累了，就跑去搶蘋果臉小男孩的故事書，然後兩個小男生就劈哩啪啦的打起來了。

氣嘟嘟的蘋果臉小孩此時臉更紅了，只見模糊臉小孩用力的推了蘋果臉小孩一把，蘋果臉小孩咚的一聲撞到了門把，然後摸摸擦傷的額頭後開始放聲大哭。第三個小孩，坐在風琴旁堆積木的小女孩，看到蘋果臉小孩的額頭流血了，也沒想到站起來拿兔兔手帕去安慰蘋果臉小孩，反倒是面無表情且慢條斯理的拆下空心的塑膠積木，看了模糊臉小孩一眼，便拿起積木也劈哩啪啦的回饋了那個模糊臉小孩。

等到積木丟完了，也不管那兩個哭哭啼啼的小男生，就咚咚咚的跑到好寶寶櫃子裡拿出蠟筆來畫畫。過了幾分鐘，小仁班的老師聽到哭聲後跑了進來，問他們：「怎麼啦？小寶貝？」 蘋果臉小孩指著模糊臉小孩說：「他推我撞到那個門.....嗚嗚嗚.......」模糊臉小孩又指著正在畫畫的小女孩說：「她拿那些積木丟我...嗚嗚嗚嗚......」而 這個有暴力傾向的小女孩，現在才覺得應該好好的反省一下呢........((汗))(((汗)))

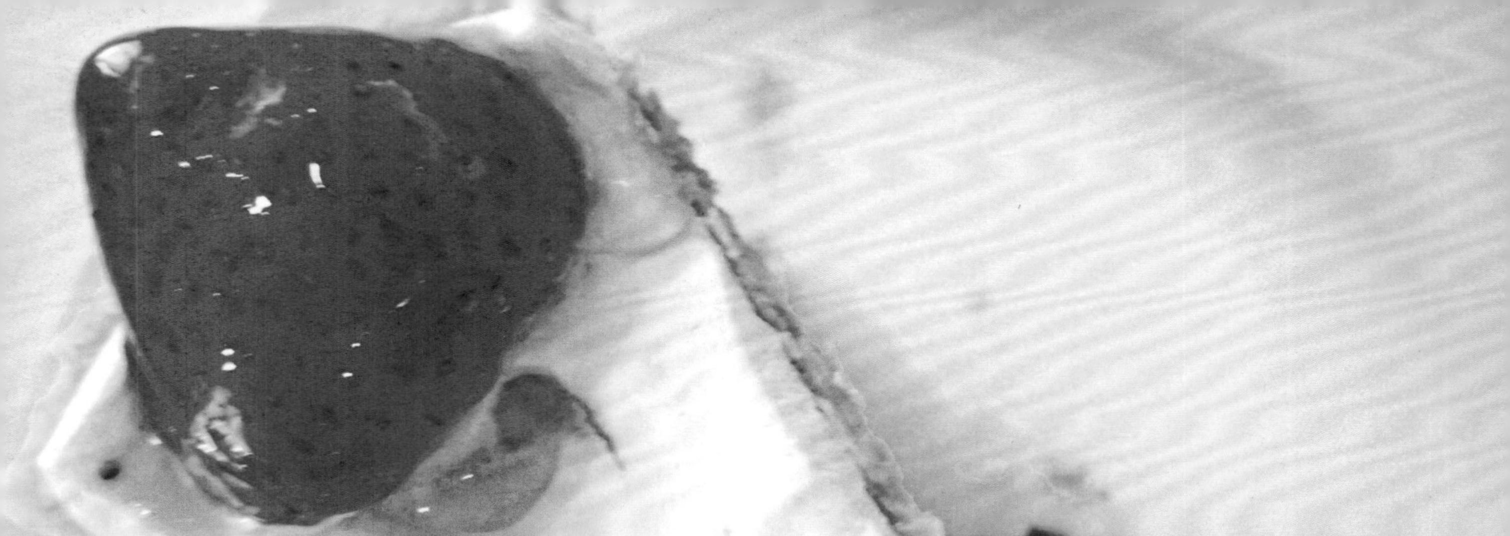

12：30 AM／妳剛入睡，夜光星星緊貼在妳的脊椎骨上。發亮。

01：30 AM／夢裡有艘小船，五個國家的王子擠在一塊玩家家酒。

02：30 AM／楓糖國王子誤會妳是個 Junkie Girl，妳朝他臉上吐口水。

03：30 AM／綠眼睛會比藍眼睛漂亮麼？妳轉著黑褐色的眼睛問。

04：30 AM／蘋果國王子低頭忙著畫進攻路線，太好戰，心也蛀爛了。

05：30 AM／抱著一大袋硬糖果，好甜但是咬不動，來聽 TWEE POP。

06：30 AM／薯條國王子勤練地方口音，他買了一台 audio capture device。

07：30 AM／他要跟 Susan Sarandon 演戲，就快變成 Hollywood 大明星。

08：30 AM／焗烤國王子沒有什麼存在感，他的spelling糟得讓妳頭痛。

09：30 AM／然後妳舔舔手心裡的袋鼠小王子，閉上眼祈禱這是最後一個。

10：30 AM／滿是飛塵的陽光讓妳錯覺鬼壓床，Love & Hate也在鬼打牆。

11：30 AM／中午吃了一碗沒有海苔的拉麵，妳用筷子把叉燒戳個C 8爛。

12：30 PM／電話響了，是瑪莉兄弟吃蘑菇不停長大長大的聲音。

01：30 PM／書架上原文版的[THE Bad Girl's Guide]讓妳眼睛一亮，刷。

02：30 PM／But you're too naive to be bad，我們住在世界美麗的Virgin Island。

03：30 PM／星期日下午，太陽高高蝴蝶飄飄，還不下雨還不下雨麼。

04：30 PM／好姊妹們的名字聽起來就像是會跳上跳下的球還有小熊葳妮。

05：30 PM／看上一台粉紅色的單車，妳覺得就算被取笑也無所謂呀。

06：30 PM／這天傍晚妳發現自己罹患了師大公園黏八蟲病症。

07：30 PM／妳愛牛魔王妳愛印度薰香妳愛昏黃街燈下的彩色迴力小馬。

08：30 PM／一面食用英文單字一面分解巧克力脆笛酥，宿命式的BabyFat。

09：30 PM／小王子透過奇爛無比的web cam和mac給妳一個飛飛。

10：30 PM／換上睡衣前聽的是Beachwood Sparks，夏天一起來玩仙女棒bah。

11：30 PM／刷了半小時的牙，嘴角上都是麗奇漱口水的泡泡糖味。

太陽出來的時候熊寶寶就好快樂的smile
閃亮亮的窗簾下請TV先生報告今日氣象
＜廣告時間－請支持熊寶寶參選南區立法委員＞
2001末11／22／The Clockwork Apple Factory製造
用粉蠟筆畫了幾片極似車禍現場的彩色版型
不夠果斷的果凍剪刀獨自生著悶氣
一不小心就要喀嚓剪掉熊寶寶的小圓餅耳朵
又小嬰兒布料害地板患了棉絮恐慌症
哈啾（動詞）．哈啾（名詞）．哈啾（形容詞）
天花板上有星星月亮也有數不清的漂亮緞帶
一針下去一線上來熊寶寶痛得哇哇叫
『哇哇！熊熊沒有發高燒可不可以不要打針呀？』
圓球尾巴左下角繡著笨笨的冰藍藍的c.
可愛又一臉傻氣的寶貝呀
讓我用軟綿綿的白雲一朵一朵餵養你
要不偏食吃得全身胖嘟嘟才行
轉個圈圈翻個身．眨著你的小熊眼睛咕嚕咕嚕
就剩一個露著白雲餡料的小傷口
再乖乖打一針就能變成人見人愛的小寶貝吶
加油加油．天就要亮了呢
勇敢晃著你的小熊腦袋踏上長長的旅程吧

9：15AM＞＞ 斑斕的新生南路
10：03AM＞＞ 郵差先生早安呀
11：34AM＞＞ 肚子飽飽熊寶寶午睡時間
2：15PM＞＞ 世界是一個萬花筒yaya

【台北市有熊出沒！請小心你的香蕉蘋果哈密瓜】

皇后號的汽笛聲被廚師捲在芹菜和胡蘿蔔丁丁裡
可口的咀嚼聲脆裂出一大片湖泊·飽含水份的向晚
鑲嵌在眼睛裡的山下公園·我跟燕子牽牽手一起踏扁果汁罐
舔舔嘴巴我們漫步在湖綠色的果凍之下
Kiddy Land含稅的鱷魚會幫忙吃光光生鏽的暑假作業
口袋裡還有一些不二家娃娃糖果小餅乾在碰碰車
「妳吃吃看我這個:∧」握拳打開是滿手掌的彩色☆☆糖
『那妳也吃吃看我這個:D』小腰包裡的Lollipops野草莓棒棒糖
模糊的焦距和變形的快樂相親相愛的國際糖果走私販
果凍一樣的天空刺激著鱷魚的食慾/還有四頁，拜訪拜訪。

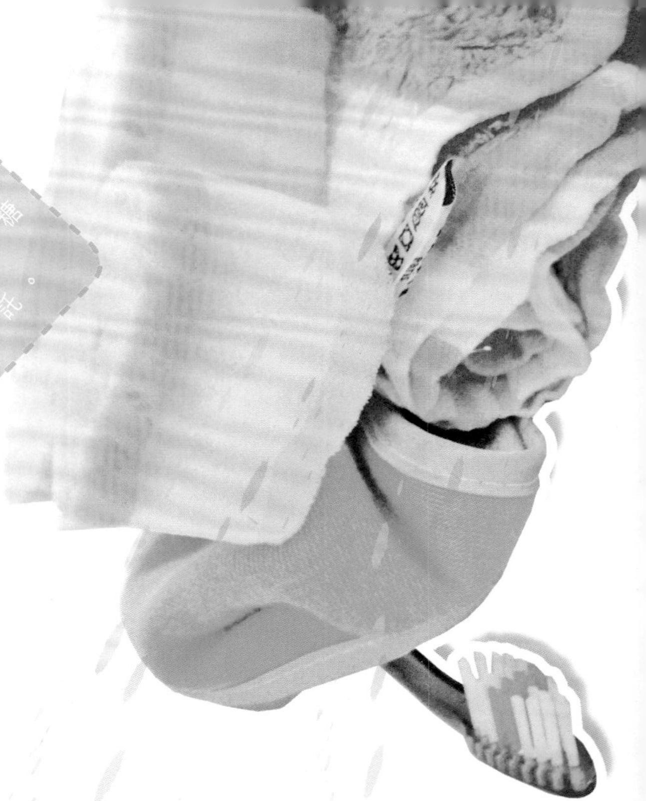

Ogenki desuka? :D
Ogenki desuka? :D
Ogenki desuka? :D

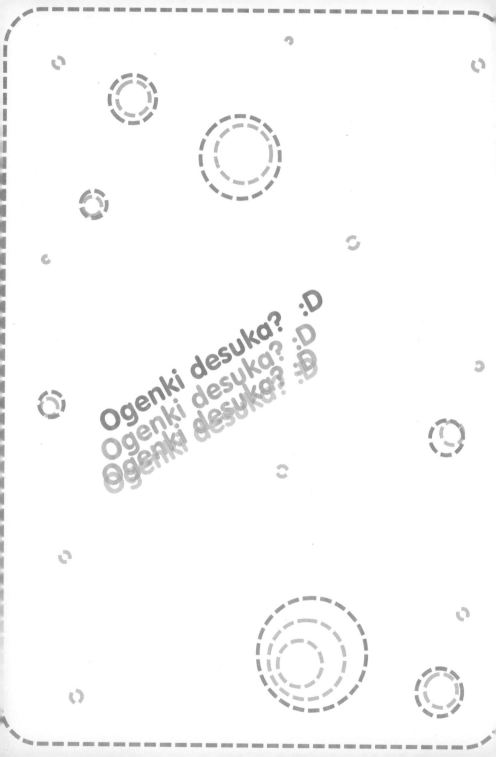

當你還夢想著要努力成為一位科學小飛俠時，

聰明又狡獪的人早成了惡魔黨首領和大頭目。

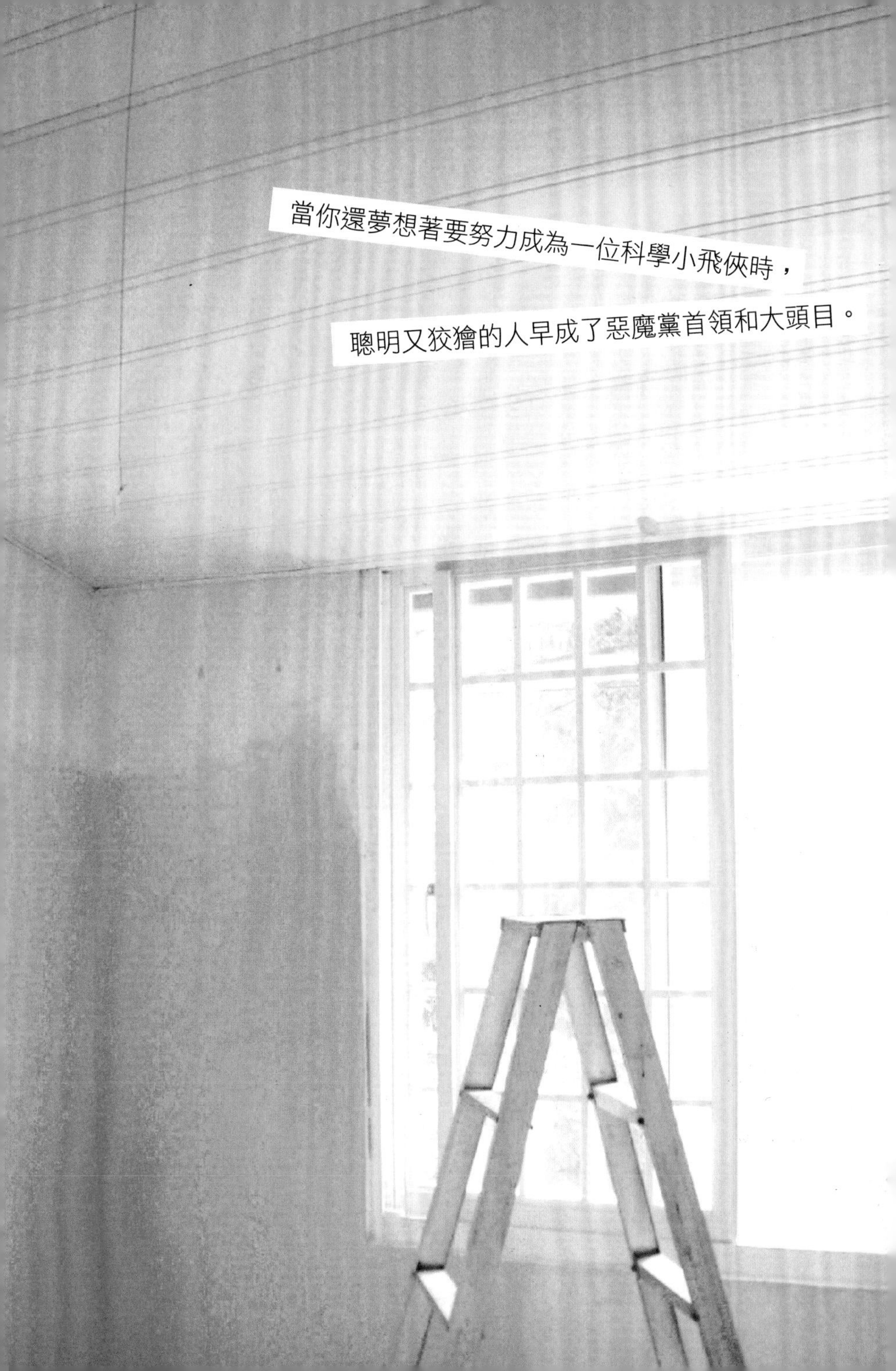

我回來了!!!
六百多封mail!!!!
收起來真是有股蕩氣迴腸的感覺!!!
日本之行非常快樂!!!!
每天走路的時間至少十六小時
37度超毒的豔陽天
日文超爛加上一天到晚迷路
因此學了不少"原始的溝通方式"

買到了兩片photo jenny
覺得好開心ne!!

Tiffany妳會愛死我的~~~
Tokyo才有的慎吾＋SMAP的沖繩北海道大本DM~~~~
eeee~~~重死我了~~~ *______*;

買了生平第一把電吉他! 開心的不得了
不過因為還沒有買音箱的關係
也只能玩玩吉他　沒辦法聽聽看它的聲音

這時候我爸爸突然出現　身後出現一大圈救世主的光芒
他叫我把導線接上電吉他彈彈看

"可是沒有音箱呀" 我說

爸爸和藹的瞇起眼彷彿叫我勇敢的試試看

於是我抱著已經插好導線的電吉他
抬頭望向爸爸

此時只見爸爸不急不徐拾起導線的另一頭...
接著插進了他的耳朵裡......

"彈幾個音聽聽看" 爸爸神色自若的說

我用pick撥了一下　"叭---!" 爸爸緊接著發出聲響
噗!!! 我笑了...　接著我又胡亂撥上撥下

"叭啦逼叭噗噗叭叭-----!" ......

爸爸為了讓我充份享受與電吉他初次相遇的喜悅
主動充當了一次人肉音箱...　太妙了

爸爸我愛您!!! :D

爸咪説他跟V6坐同一班飛機
走出機場時以為一堆人為他歡呼
這位四十來歲的中年人還噗吃的樂了一下
後來才發現原來是在對後面的幾個毛頭小子尖叫
一下子夢碎桃園中正機場......

超好笑的我爸咪還問我説
"是不是有叫什麼森田健和三宅准一的???"
噗~~~!! 拜託不要亂幫別人的姓氏和名字洗牌好嗎!?
笑得好累...救命阿...tiffany妳不在場太可惜了...

昨天真的是爆快樂的一晚~~~~~~~~
jubow請我看電影，我們本來要看木偶奇遇記
但那間戲院竟然突然下片了!!!!!!!!!!! *大驚*
所以我們兩個就改看神鬼交鋒
很好看耶!!!真的~~~特別是癡心漢那段
嗯...十分感人的癡心漢..嗯...噗哈哈哈哈
我一直在想像那個幫忙翻譯電影對白的人
翻到那一段會不會自己在工作室裡笑到發抖呀!!??? haha
還有預告片中的大象大爆炸也令人腿軟
總之昨晚在電影院裡常常會忍不住'哈哈哈'笑出來
真的就是'哈哈哈'，超豪爽的那種喔!!
jubow跟我撐著一把我從家裡出來拿錯的破粉紅傘
偶而還是淋到了毛毛雨，把粉紅傘放在唱片行門口的傘架
又去買了另一個十分迷你的怪綠傘...(顏色極怪)
一想到本來心花怒放要撐出的一把鵝黃色傘
正面有爆大的Betty Boop圖案就讓我吐血
還有一把草綠色乍看之下非常清新可愛的小傘
一翻過來竟然印有俗氣到不行的小貓兩隻
.........|||| 一定要每把傘都印些東西才開心嗎...
我們聊東聊西，面對面坐著吃沒有甜甜芋頭凍的junk food
吃不完又不想浪費的，就送給了回家路上的小狗狗
它長得很可愛只是流浪太久所以髒兮兮的
它眼睛很亮可是肚子好像很餓，它有些怕生但它還是靠近了
雖然下著雨又擁擠，但仍然是美好到不行的Saturday Night
一起看電影一起哈哈笑一起吃一袋垃圾食物一起撐把傘
一起擠過人群一起交換女生的祕密心事一起走路回家
jubow妳超棒!! 愛死妳啦~~~~~~跟妳在一起很快樂喔
下次帶我去會會那件可愛但爆貴的民族風洋裝吧 ;D

要是每天都能這麼充實快樂該多好^____^=

煎餃萬歲

panda panda panda !

hola ! coffee and bear !

右眼莫名好痛
天氣好好喔　今天
７：１４　ａｍ　大晴！
刷牙洗臉換睡衣　爸爸送了我一張悠遊卡
並取走我一向遊走破產邊緣餘約36元左右的舊卡
說是要幫我補到八百多塊　謝謝支持我會加油的
昨日６　ｐｍ啾寶來電　一瞬間令我窩心的捷運月台

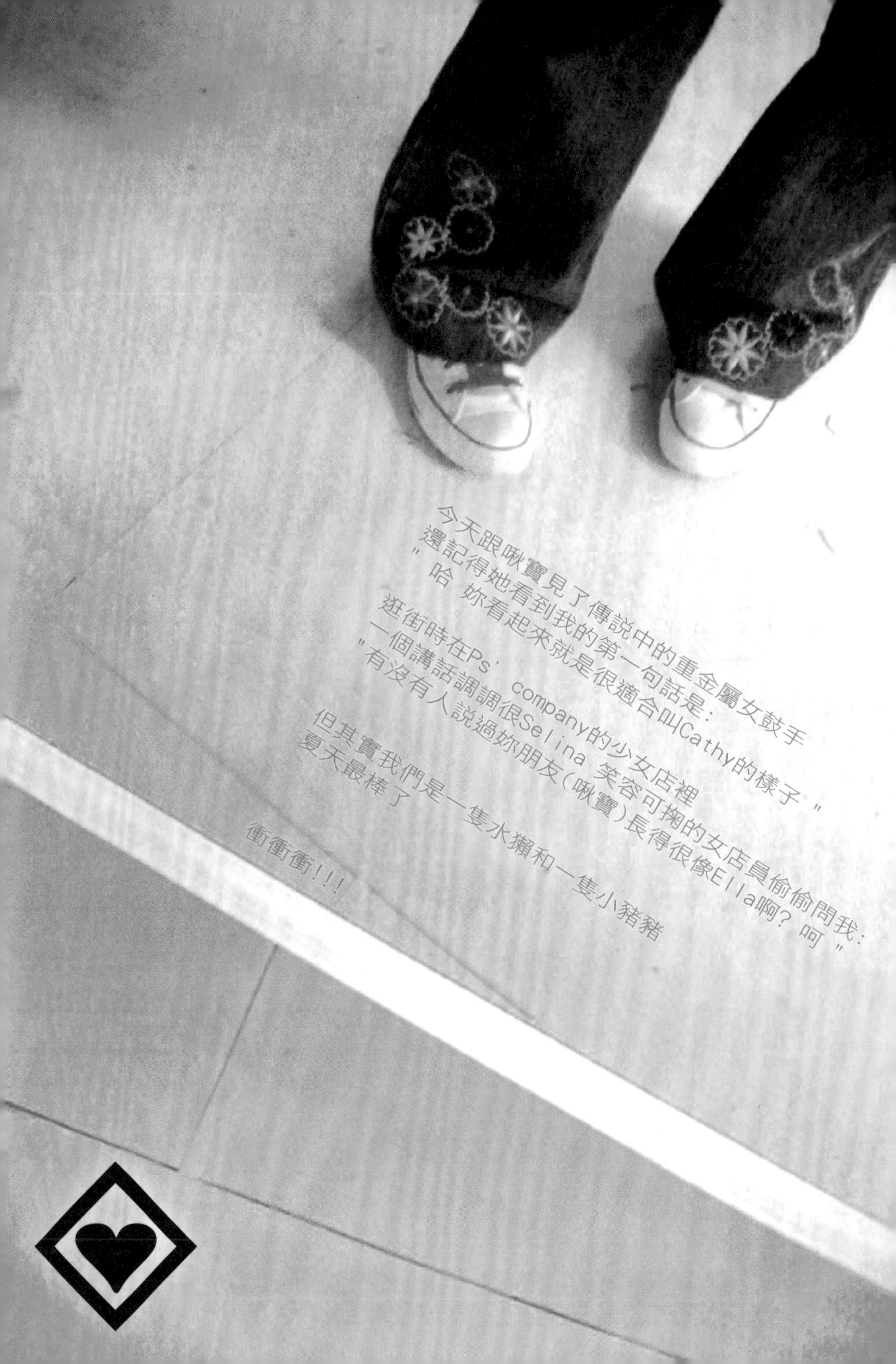

今天跟啾寶見了傳說中的重金屬女鼓手
還記得她看到我的第一句話是：
"哈 妳看起來就是很適合叫Cathy的樣子"

逛街時在Ps' company的少女店裡
一個講話調調很Selina 笑容可掬的女店員偷偷問我：
"有沒有人說過妳朋友(啾寶)長得很像Ella啊？ 呵"

但其實我們是一隻水獺和一隻小豬豬
夏天最棒了

衝衝衝!!!

!

地球過動兒時間3小時．在大阪遇見一台
vending machine
燕子遺忘的路線瑣碎著左邊右邊前面後面
中看不中用的地圖被輪流嘆出的
二氧化碳／方向感／少女僅存的耐性 給吃光光
於是我們坐在掉滿小白花的紅磚道上
詮釋中暑的柳橙果汁
翻譯神經質的草莓牛奶
釘驢尾巴和擲馬蹄鐵的遊戲我們都不擅長
猜帽子遊戲適合在自由女神頭冠上打發
說了這麼多ㄜ
我真的不是那麼渴ㄜ寶貝妳渴不渴ㄜ
接下來該往哪個方向走？
眼花撩亂的選擇在販賣機和十字路口
我擔心迷路擔心回不了家
而妳擔心著語言不通會買到不喜歡的果汁
so-called〔love〕。
如果把處女情結截肢後拍賣給衛道人士
多愁善感的／純白的／奉獻教派的手動牙刷
用來刷帆布袋也無妨
那個下午我確定妳是真的生病了
2年5班的掃具櫥櫃
不曉得還有沒有留著四年前偷寫的男生撞牆啦
但這個下午我又確定妳是真的戀愛了
還在迷路中嗎？妳反問
天知道這是哪門子的販賣機外交困境
並不影響到什麼地心引力牛頓定律lalala
寶貝哇我是那麼迷戀妳的率性
而關於小鹿般的溫馴
早就走偏了我數學課本上的xyz

shimokitazawa morning >>>

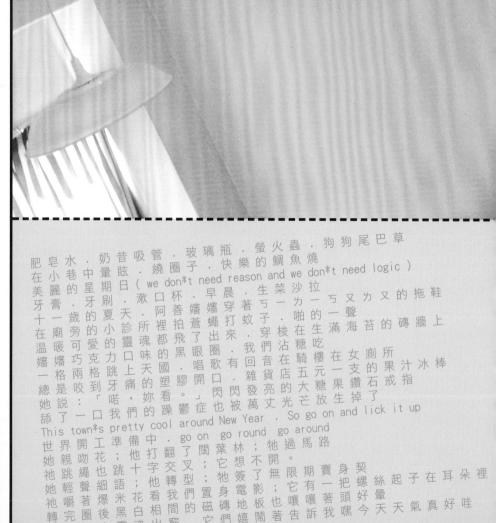

肥皂水．奶昔吸管．玻璃瓶．螢火蟲．狗狗尾巴草
在小巷中暈眩．繞圈子．快樂的鯛魚燒
美麗的星期日（we don*t need reason and we don*t need logic）
牙膏．牙刷．漱口杯．早晨．生菜沙拉
十一歲的夏天．阿善嬸嬸穿著ㄎㄧㄌㄧㄎㄡㄌㄡ的拖鞋
在廟旁的小診所裡拍蒼蠅打蚊子．啪的一聲
溫暖可愛的靈魂都飛了出來．穿梭在生滿海苔的磚牆上
嬸嬸巧克力口味的黑眼圈．我們沾糖吃
一格兩格跳上天國．唱歌有回音在騎樓在女廁所
總是咬到牙痛的塑膠開口．雜貨店五元一支的果汁冰棒
她說：「喏，妳看。」閃閃發亮的大糖果鑽石戒指
舔了一口我們的躁鬱症也被萬丈光芒放生掉了
This town*s pretty cool around New Year．So go on and lick it up
世界開工準備中．go on go round go around
她親吻花；他打翻了闊葉林；牠過馬路
祂跳繩也跳十字交叉；它想不開。
她輕聲細語；他轉型；牠簽了無限期賣身契
祂嚼著爆米花看我們置身電影；它有一把螺絲起子在耳朵裡
轉完圈後黑白相間的磁磚地板也嚷嚷著頭好暈
第十七次靈魂出竅．它們嬉鬧著告訴我嘿今天天氣真好哇

通常在天剛亮的時候　msn和icq上
只會剩下我和文喬　還有欽
而且情況通常是我一夜沒睡只因為我很少睡覺
(已經不完全是過美國時間的關係了)
而欽則永遠是那個在趕flash works的熱血青年
ha...所以常常是在我弟弟都還沒上學前
欽就會丟個訊息過來問說要不要吃蛋餅
然後我一定會說要　就降日復一日
黑眼圈蛋餅青年遠遠騎車來載肥美的眷村少女
兩個不會累的神經病又遠遠騎到早餐店去
吃完了蛋餅鍋貼蘿蔔糕喝完了甜豆漿後
又騎回巷子口　然後蛋餅青年再遠遠騎回他工作室
hahaha.....其實突然覺得這樣很浪費油錢
幹麻每天一起吃個蛋餅又各自回去啥也沒說
ha~~~ 不過倒立男還欠我一堆蛋餅倒是真的

let's get FATFATFAT together!

星期日晚上我跟欽，還有啾寶，dive，阿一
and cat約吃燒肉
jubow + dive + 阿一，都是電影系的學生
新朋友cat是個很有個性的女生，她到台北來找jubow玩
那天她們先去聖界看了天空爆炸的表演後才來
阿一是很可愛有趣的男生，胃口奇大無比，ha!
and dive是個氣質很好的女生，hehe我通通都喜歡
大家六個人坐剛好，在温暖的燈光下
一邊吃燒肉一邊在幫jubow拍作業
他們每個人都必須交出三份分鏡圖的作業
jubow寫了簡短的一幕，用單眼相機拍分鏡
我跟欽友情客串演出...很好笑!!!
欽要假裝自己是個失戀的落魄人
然後dive還會不經大腦的一直提到他心上人的事情
總之超好笑....阿一是個表情完全沒變化的人
haha...最後在用MD收音時.....
本來我都很ok的...但一看到欽的臉我就會想笑
偏偏我又都是第一個要說話的...
大家喊完乾杯之後，我要說
" 欽 祝你生日快樂~!.... 最近在做些什麼啊?? "
但我連錄三次都因為欽的臉而變成
" 欽 祝你..挖哈哈哈哈哈哈~~~~~...抱歉..haha~~ "
大家也因此連續乾杯了超多次....
隔壁桌還以為我們年輕人愛胡鬧呢...ha!
總之是非常歡樂的一晚!!

cat在她自己相簿上的形容是

明日閃亮編導Jubow Kao
氣質派清新女文青Dive Lin
超夢幻日安發條甜心Cathy Tang
憂愁細膩純情少男Hilary Tu
又一憂愁純情迷幻男Once Lee
任性鬼Cat Chiuuuu哈哈

大乾杯!!!! :D

I ♥ TOY cameras!

今天要去沖洗店拿我那些怪裡怪氣的照片了!
沒想到120mm的底片比較貴...而且黑白的也不好買
而35mm的正片也沒多便宜...隨便買幾卷好像就五六百
這樣下去再加沖洗費和我每回失敗繳交的[學費]
我很快就會破產囉....kee

昨天晚上去拿第一批測試相機用的120mm照片時
老闆和老闆娘把兩大長卷的底片拿給我說
".....我們實在不知道該怎麼洗妳的底片.............."

顯然我已經實驗到連幾十年老店都昏倒的地步
拿起來在日光桌上一看還真經典......
每張我像神經病一樣刻意的多重曝光就算了.....
最誇張的還是每張像連環漫畫一樣
背景幾乎都有重疊到 看起來彷彿密不可分
所以我自己向老闆要了把剪底片的大剪刀
邊笑(笑自己愛亂玩)邊痛(痛等一下要付一堆學費)
然後喀嚓喀嚓的剪成一張一張大小不一的小底片

老闆一看到好像又差點要昏過去了(相館對面剛好是急診部)
我想一想...阿..對喔...這樣一張張亂七八糟的
老闆要怎麼把它洗在相紙上呀??相紙用多大的好呀??
邊想到自己很皮而且看到老闆一副"真不想做這位小姐生意"的表情
就又差點噗的笑出來還好我忍住了.....
因為老闆娘的臉真的可以借來玩梭哈了.../____\
再加上一副"真是給雖要幫這攝影低能兒洗那些鬼照片"的模樣 噗~!

"這位小姐麻煩妳不要再來搗亂了..." 我心裡想著，臉就笑了

SERIO
I LOVE

SLY!
JUNK FOOD!!!

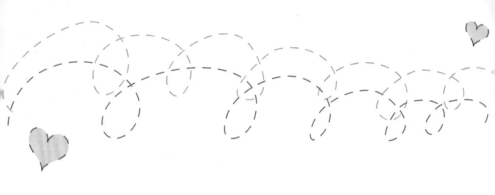

Tiffany生日快樂快樂!!!

認識妳這麼久了
一回頭才發現時間過得飛快
噁心的話我們私下說就好
只想簡單的告訴妳
非常高興在99年暑假與妳一起大喊
然後結識, 一同騎著小綿羊上山下海
永遠忘不了大雨滂沱的南港101記
謝謝妳變成我最好的朋友
從妳身上我學到很多幽默感
還有一些以前我都不敢做的事情
妳的樂觀和開朗令人羨慕
謝妳總不嫌棄陪我遊走童裝部
妳有錢時妳會請我吃大餐
我感冒發燒時妳會半夜送散熱貼
還有妳們家的有效枇杷膏來
很多說不完的事耶
嗚嗚...我又快要正經起來了
希望妳能感受到我很幸運有妳這個朋友
21歲生日快樂!我們會要好一輩子的!

1/2 tiffany + 1/2 cathy
= heart heart heart!

我弟這小朋友真是不得了....可愛的時候真的超可愛
也難怪我每次在寫我弟的事情時，很多人都以為他是小學生
話說今天早上我開開心心的吃著鬆餅，打著電腦
正打算上樓去拿本英文文法書下來消磨時間
突然我就在我房間的桌子上，發現了亮紅色的可疑物!!!
這太玄了呀....新年都過得差不多了哪來的紅包!?
我拿起來一看... " 姊 祝妳 身體健康 萬事如意 "
...............我腿軟了.....天吶有沒有搞錯
我弟弟竟然包紅包給我....太奇怪了吧 o_O!!
後來我才知道，雖然他收到了蠻多紅包
但他幾乎把所有的錢都回包給爺爺奶奶，還有爸爸媽媽
但我真的是無法想像連我也會收到......
爺爺奶奶那裡每個人好幾千塊吧我想
而還好我的只有五百塊，收到自己弟弟給的錢感覺真$@!#^%#...
後來我看那小伙子還在床上睡得很熟
便飛快的跑下樓從媽媽那裡拿了一個新紅包袋
然後裝了一千塊進去，我在紅包袋上寫著:
" dear 小弟，you want less but you'd get more :)
祝 下學期 all passssssss !! "
不知道為什麼突然想到很多民間童話還伊索寓言什麼的
反正我直覺就是再加一倍還給他
小朋友那種不貪的心，真的很難能可貴又可愛不是嗎?
後來因為不想走太溫馨的路線....不像我
於是我拿了一張小紙片，打算在上面留下我的唇印
但是我沒有口紅，我翻遍我媽媽抽屜也找不到一條
所以只好拿那種會變色的護唇膏湊合著用
結果可能印得太大力了...而且那種唇膏顏色印出來變好怪
所以我並不認為我成功的印下了一枚'人類的唇印'
而是一大圈又紫又油(護唇油)又肥厚的河豚熱吻
看得我自己都起雞皮疙瘩了...hahaha~~~~~
然後我就在紙張旁邊寫著
" 附加熱吻一個!!! 雖然看起來很像奇怪的河豚嘴巴 "
後來我弟醒來，我拿給他後就害羞的趕緊跑開了
接著我聽見他在樓梯上哈哈哈哈大笑的聲音
想必他是被我的超性感熱吻所感動了吧~~~~ ;D
唉唷超可愛的我弟弟!! 拿一百萬來跟我換我也不換噢~~!!

嗯哼～
甲飽沒?

dear Tiffany,

每次妳一講到FNAC我就想笑......
還記得我老是拿來鬧妳的那幾張CD吧???
有一天，有個住台北的外國人跟我聊天
他知道我也喜歡聽音樂
便請我推薦一些非西洋的唱片給他
而且他希望是那種"很有台灣感"的CD
他認為那樣可以幫助他更了解這小島上的風情文化
此時我腦袋裡馬上就浮現了一張CD封面...
妳知道是哪一張了嗎.........
沒錯.....就是" 沈哥出馬 "!!!!!!
封面我仍然記得，打扮十分時髦的沈文程大叔~~~
後來...該死!!!他真的不知道怎麼搞來了一張
我只是隨便開玩笑的!!!!! 天吶我做了什麼!!!!!
而且重點是，他告訴我"往事隨風"蠻好聽的
問我覺得呢?（ 媽呀我會聽過才有鬼咧!! ><;; ）
我只好not bad not bad的胡亂答話
唉...一方面很不好意思，一方面又快被笑死
Tiffany妳有空可以在FNAC店裡放出來聽聽看呀
噗哈哈哈!!!!!!
（ 我一想到沈哥出馬的CD被放在"現在播放"的那個架上就想笑!! ）

好久沒有那種笑到一直流眼淚的感覺
haha...隨便講個電話就害我笑到哭出來
真行呀...Tiffany...好個假髮折價體驗券
笑死我了光想到他們收到時的表情....
最近因為啾寶因為欽因為低諾等人的關係
迷上師大公園也是不爭的事實 hee!
近來不甚嚮往咖啡店那種陽光香噴噴的感覺
反而迷戀上night market scene，還有昏黃的公園
其實本來也就不是個多愛喝咖啡的人
師大一帶很正點! 喝果汁吃可麗餅
聽小朋友跑來跑去嗚啦啦
抬起頭來就算沒有星星也有黃澄澄的假薄暮
極大量的學生情侶外國情侶來來去去
感覺很有趣，偶而也有一點點孤單
特別敏感

阿芬吶~~-明晚公園見噢~~~~-!!! :D

glamour sunny juice !

! such a taxi-day

上班時　Hi hi taxi
下班後　Hi hi taxi
我真是浪費成性
又愛遲到的
壞孩子

我扯了自己的馬尾巴
也捏紅了自己的臉頰
懲罰完後請不要再犯
對不起爸爸媽媽

after MRT
走路回家只要十分鐘
今晚笑起來甜甜的
不過戴了口罩:)

忍不住想說一件事...

對不起我們的年紀和父母

sorry 彭伯伯和彭媽媽
你們的大兒子迷上了扭蛋機
他把所有的零錢都扭完了

sorry 唐爸爸和唐媽媽
你們的大女兒迷上了扭蛋機
她也把所有的零錢都扭完了

呼～總算說出來了！那掰～！

是DINO先帶壞我的!! ＞０＜！！！

今天妳的心情不太好

認識了一個跟妳同年齡　叫作Jon的男生
高鼻子大眼睛長睫毛　可愛的模樣就像個白瓷娃娃
但是他讓妳心情很不好

雖然總是覺得自己這也不行那也不行
但偶而經由朋友貼心的話語或者是陌生人的打氣
會讓妳稍微有點自信
那感覺就像是妳原先覺得自己是一塊無味的碎餅乾
但有些心地美麗的人陸陸續續告訴妳說
［hey！不瞞妳說，我有吃到巧克力花生醬的味道呢！］
或者是［我挺喜歡妳那種薄荷西瓜的口味！］
這些總會使妳開心　暫時忘記許多不如人的憂慮

Jon做了什麼？ n o t h i n g .

他只是太有才華了　看完他的 Portfolio 之後
有個住在台北市的小大人想把自己沖進馬桶裡
為什麼他那麼厲害？　妳生氣　妳憂鬱　妳又陷入了低潮
don't be silly/nervous/sensitive/scared/brainless!

太完美的人是很傷人的　這是妳的想法
比如說一個很會做菜的人妳深信他的廚師帽下是亮晶晶的禿頭
又或者說是一個長相華麗的視覺系　妳 敢 肯 定
他多少有些便秘的困擾　那些破壞美感的惡疾

所以心情不好　只因為遇見一個太完美的人
十分鐘後妳發現他很驕傲　是個自以為是的混蛋
太好了　原來他只是個傲慢的西部牛仔
妳終於發現他是個驢子　他只會耍漂亮的花槍
可他連槍都握不好　讓詹姆士龐德一槍斃了他吧！
well done！

嚼著彷彿有一個世紀之長的薄荷口香糖
黃色柏油艦．快遞指間的兩片 BILL & TED／I say [Excellent！]
三十分鐘小姐．我總是總是總是在遲到在傻笑
「好久不見！」昏黃的淡唇膏姐姐轉向我
嘴角砂糖順著語言氾濫成災．我想抱妳一下可惜右手臂糖果中毒
水杯光線折射三號方向：鼓手啜著 LATTE 戲弄著 Cheese Cake
生日快樂愛麗斯！你的禮物還在白人王國還沒寄來
當然 Tiffany 會幫我掌聲鼓勵／我又難得熱血了暨西元 2000 年後第二次
提到了長翅膀卻鑽下水道的畫冊．提到了 GAZE * 2
提到了 sorry 說了一堆還是只有英文字幕．也提到了挑剔鬼
然後男子漢鼓手和淡唇膏姐姐哈哈大笑
是我孤僻是我孤僻是我自己有毛病所以不習慣 couple 這個單字
／Life is a kind of love，and it will always be getting better(?)／
所有的小孩問題都還在睡閣樓．而大人問題就在我耳邊左右
診斷書標示著我需要注射一針 [NO WAY！]
還需要躺在屋頂中央乖乖的被打上三個月季節性限量點滴
（成份：潮濕的／悶的／刺眼的／具某種回憶性質的）
只有我在咳嗽．一桌的尼古丁在我腦裡舉辦起小學生滾大球
淡唇膏姐姐笑開了．今晚的我被煙霧國王和皇后夾成一片三明治
後來 Tiffany 也跟著頭暈．關於苦澀我們都不太適應
喔對了！雖然我是捲食蚊子的貓妳是蹲在貓砂的青蛙
但我肯定是不會站在貼著 [PUSH] 的玻璃立地門前發呆撥頭髮
親愛的可愛的 T 小姐．它並不是一面自動門好嗎？？哈哈
打烊的時候我會記得推開門然後勾著妳一起回家

坐上麗卡娃娃的迴轉木馬在豔陽航線歌唱
檸檬糖色的迷宮有小喵咪在奔跑
從來不是Daddy＊Mommy所能理解的fantasy
造飛機造飛機來到青草地。
手風琴口味的搖籃曲拍著奶油蝴蝶的翅膀
停在小妹妹薔薇花開的雙頰上
一隻老虎沒有果醬一隻老虎沒有吐司
真奇怪真奇怪（。u。）
愛心氣球飛得高高將帶領妳去翡翠城堡
怯懦的獅子希望得到勇氣＊錫人先生想要心臟
稻草人希望得到頭腦＊而桃樂絲想要回家
妳會向歐茲國王請求什麼呢？
抹茶粉＋水＋冰塊＋冰淇淋＋糖＋牛奶→搖勻
是需要一點點的冒險精神！:D
不想去托兒所因為不會縫布娃娃不會打電腦
貪吃的月亮說小寶貝這樣不乖乖呀
繫好妳的圍兜兜穿好妳的蕾絲公主蓬蓬袖
摔跤了也要自己站起來
讓Twin Stars---★☆的小天使別針
載著妳的手帕衛生紙
飛行／Flying（不哭不哭Q比來了）

昨天下午去西區一帶逛街
原本的目的是買幾件舒服的上衣來穿穿
順便消化一下我的心碎

非常奇妙的情況下 我結識了小兔兔團
捧在手心上那一剎那我被電到了
感覺比遇到心儀男孩還誇張的小鹿亂撞著
腦袋一片空白

也沒想過回家後會不會因此被罵死
我把僅剩的幾張千元大鈔全衝動的
奉獻在這隻圓滾滾毛絨絨的兔寶身上
他眼睛透紅得像草莓果凍

提著一棟桃紅色小塑膠公寓
拎著一大袋乾草餅乾檸檬香木屑磨牙香蕉片
滿臉通紅 心跳跳得好快
我是一個極度緊張又興奮的小媽媽

聽說她六個月就會長成成兔
反正不管大小都會是我的寶貝
心碎時出現的小天使
幫我這沒用的傢伙培養點耐心和細心

她的名字叫 蹦蹦
英文名字就是 Bonbon
(bonbon: n. 內含夾心的小糖果)

我上網卯起來看遍所有兔兔文獻
現在是凌晨三點半
兔兔是夜行性的越晚越high!

蹦蹦一直亂撞她的小公寓
好吵好傻好可愛

我會好好照顧妳的!!!!!!!!

BTW, 蹦蹦妳的乾洗粉為什麼那麼貴...
是媽媽被壞商人乾洗了嗎...... T___T

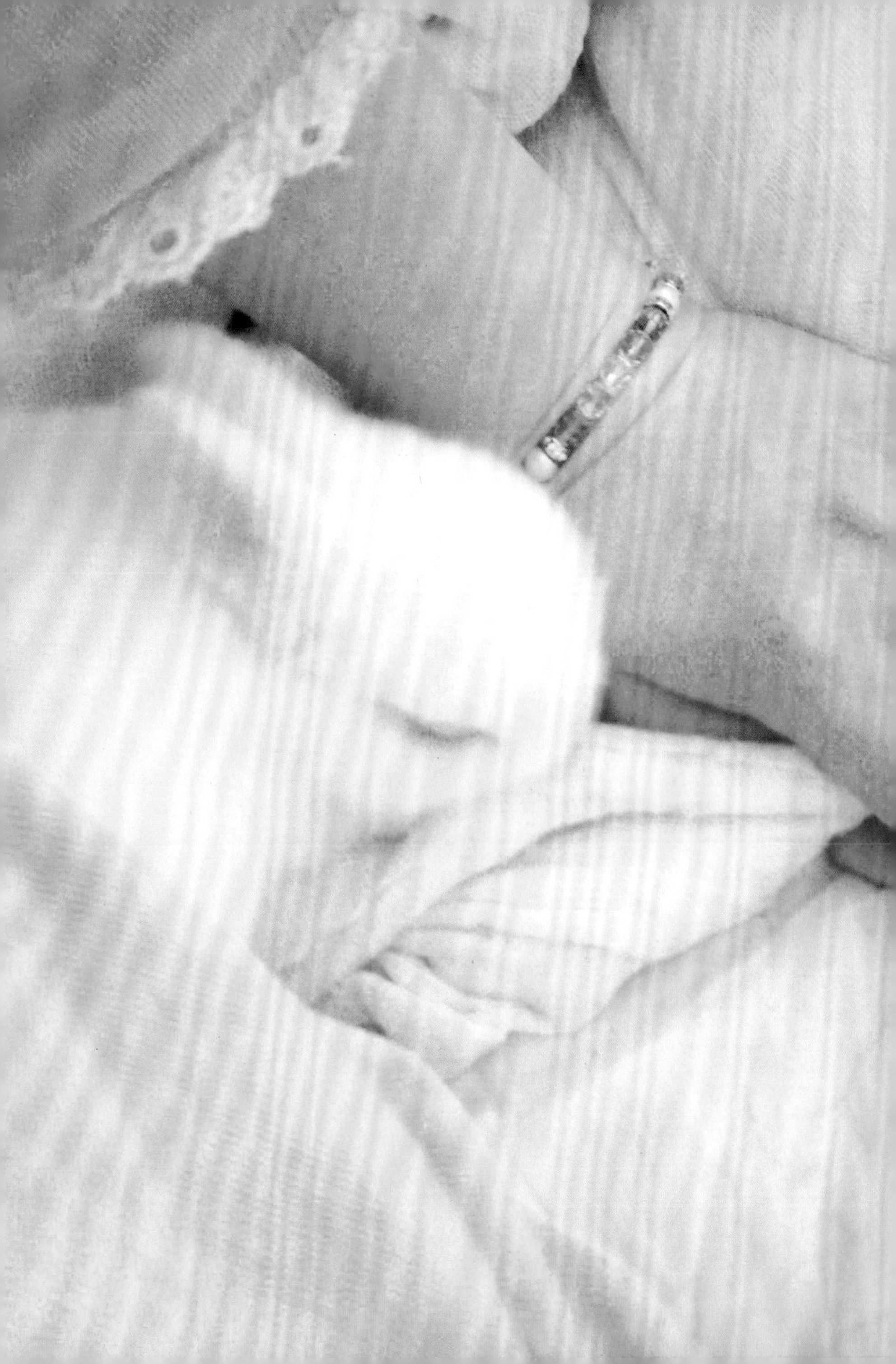

RECYCLABLE PAPER

我一向很困惑，有時候我希望我不是這樣的我。

從來也不覺得自己是個可愛或迷人的女生
宿命的一樣盯著自己浮腫的眼皮和下半身
想著自己能有個不賴的人喜歡就準備躲進浴室偷笑了

從來也不覺得自己真的需要朋友之外的[ ]朋友
覺得身為射手座女生真是拉風到了外婆橋
ciacia可是台灣區射手女之光！
朋友最大，其他有的沒的帥哥美女干我啥事

然後我的EX是個典型外有型內有料的壞小子
大家都無法想像，大家都一定會 oh-waa-waah
總之我是個敏感神經質有被害妄想症的瘋子
就連隨便誰在MSN上回我一句 喔 or 嗯
都會因為沒道理可循的冷淡令我悄悄心碎

我知道這很白癡

好了，接著有一天我醒來，我告訴大家我愛外國人
那並不代表我突然有興趣去師大一帶假裝掉手帕
或是去沒腦的夜店跳舞喝垃圾飲料搖動我麻木的四肢捕蝴蝶
我只是會說了那麼一點中學生英文
就因為陸續被外國人當成個真正的女孩子喜愛
我把自己眼睛封起來丟進淺色眼睛海洋裡瞎找被肯定的成就感

可我也不是白癡，但也許是全島最觀念保守的嬰兒肥女孩
我曾經從藍眼小王子那裡吃過幾記航空悶拳
真不敢相信自此之後我還會偶而回想起我的瘀血
並摸摸出血的眼睛說 噢，我真想念那個迷人的小丹丹

what the hell!!!!!?????

果然有那麼一天是有個好人出現了
他把全世界的巧克力都收集起來餵養對愛情懶散的我
他是那麼的溫馴，像一頭梅花鹿
他的仁慈讓我迷惑，或者我的優柔寡斷也讓我的朋友或姊妹
猜測我是一個虛張聲勢只能循環精神戀愛的爛貨
沒有人真的忍心過來甩我一巴掌叫我把事情搞清楚

我開始懷疑我是否該這麼誠實的
如數家珍的跟人們分析我自己的愛情與毛病

這一天天又快要亮了，昨天我昏睡死一整個白晝以致於我又錯過
另一場奧斯卡重播
天！我好想看Robin & Billy那兩個老小子搞笑
一直下雨一直下雨一直下雨，我好悶我感到厭煩

我掉著跟泡麵湯頭一樣燙的眼淚
跟一個人人都愛唯獨我就是愛不起來的朋友說說話
對不起喔，但我已經試過一段時間只是
我真的無法再給你多一些東西
我是如此的坦白

總之我的消極和奧爛下雨天作祟
我說天曉得小王子丹丹的事件是否會在我人生途上一路鬼打牆
與其哪天莫名被周圍我所珍愛的朋友們所誤解
我寧願在這個無趣的愛情領域一無所有

我現在很煩
我明明就是個好女孩

July 2, 2
Tangerine
Dream!!
autism
bonbon
LOVE

庸俗的日記一則：

晚上跟爸咪去家樂福採買過年的豬食
我毫不手軟的狂掃垃圾食物
我們的大推車就放在走道正中央
其中也有很多是別人的推車
就在我來回奔波超市小飛俠似的進貨時
很明顯我的眼睛又瞎了... 是的
直到結帳後準備要裝箱時才發現

我把所有零食都丟到別人的推車裡了

昨晚去吃上闔屋

我一臉蒼白的吃了些炸蝦

什麼握壽司生魚片烏龍麵茶碗蒸烤肉串鮭魚卵
蟹黃手卷生蠔甘貝提拉米蘇焦糖蛋塔雞蛋布丁
藍莓蛋糕哈根達斯冰淇淋通通都與我緣份淺薄

看著朋友們十分氣魄的卯起來吃
心情欠佳睡眠不足又感冒的我

微笑喝著巧克力牛奶卯起來是在浪費錢

我有預感

過完這個新年假期後
我將變身成為一名摔角選手

[連續幾日每天都在吃的東西]
大碗家樂氏可可米 + 冰牛奶
草莓或巧克力義美小泡芙 + 一杯冰牛奶
兩片烤厚片吐司 +++
隨我高興塗到快塌的卡夫菲力奶油乳酪
偶而還會大吃雪餅

天吶 我有罪

Lucky Whip
NOW!

我是個如此奢侈又愛空綴門面的傢伙。

去年夏天我訂了兩把華麗可愛的吉他
遠從California寄送奇大的包裹到Taipei Taiwan
UPS的送貨員見我一早起床睡眼惺忪蓬頭亂髮的簽收下我的虛榮心
是呀，好大好大的虛榮心啊，我自己抓抓頭，愛睏又心滿意足的笑著
那個夏天，我連無敵四和弦是哪四個都還搞不太清楚
粉紅貝類色的fender picks仍新得發亮

有那麼一天，就在早上睡醒天氣涼爽的日子
我翻了翻日文雜誌，突然心血來潮想自己也縫些小玩意
一開始只是想想，後來就一路邊想邊逛到了永樂市場
「嗯，這塊嬰兒布摸起來真舒服，拿來作衣服一定會很可愛」
「哇！好有趣的毛絨絨布喔！如果拿來作泰迪熊一定超拉風的」
「喔喔！好多可愛的彩色拉鍊和小鈕釦喔！」
我再次開始不切實際的在腦裡快速播放各項縫製的成果和拉風的我
再貴的布也是一碼一碼毫不心疼的請老闆裁給我
目前我們家中，仍有棉花飽飽四大袋，各式布料一捆捆
真正完成的作品，只有小熊兩隻及雜物少許
我想該縫的我當時已是全在想像中帥氣的完成了:0 ......

fty express

ir-Kraft®

ers by Pactiv

size #2

MESSENGER SERVICE
GOAT MAIL OFFICE
SWALLOW

friday morning is good.
a sunny day is good.
reading is good.
shibuya-kei is good.
strawberry soda is good.

anti-vegetables :X

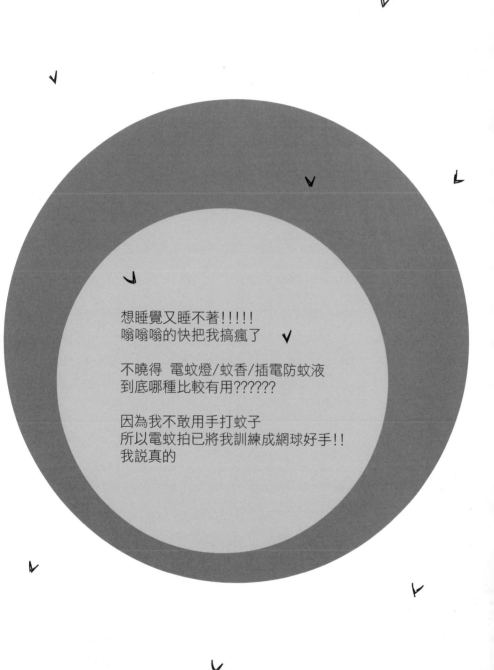

想睡覺又睡不著!!!!!
嗡嗡嗡的快把我搞瘋了

不曉得 電蚊燈/蚊香/插電防蚊液
到底哪種比較有用??????

因為我不敢用手打蚊子
所以電蚊拍已將我訓練成網球好手!!
我説真的

幾歲了啊
那兩個傢伙

真蠢耶
成天只知道去pub跳舞
感覺好像白癡一樣

噓　寶貝
我猜妳跟我一樣想罵

他們真是蠢到不行

寶貝我衷心為妳努力祈禱
能帥氣的踢掉那個沒腦蠢紙箱

早起想要去神秘小巷後的醬油工廠一帶騎車
結果.....下...........雨..........
..................怎麼這樣............~><~
最悶的是，以前還可以痛快的咒罵下雨天
現在卻要努力閉緊嘴巴，因為有雨下就該偷笑了
如果夏天要限水的話，我可能會瘋掉吧
但我真心希望入夜後能狂下雨（像用倒的一樣都ok!）
但天亮之後麻煩放個晴什麼的.......
我...真的...好..想...騎...我的新腳....踏車....

pout pout!

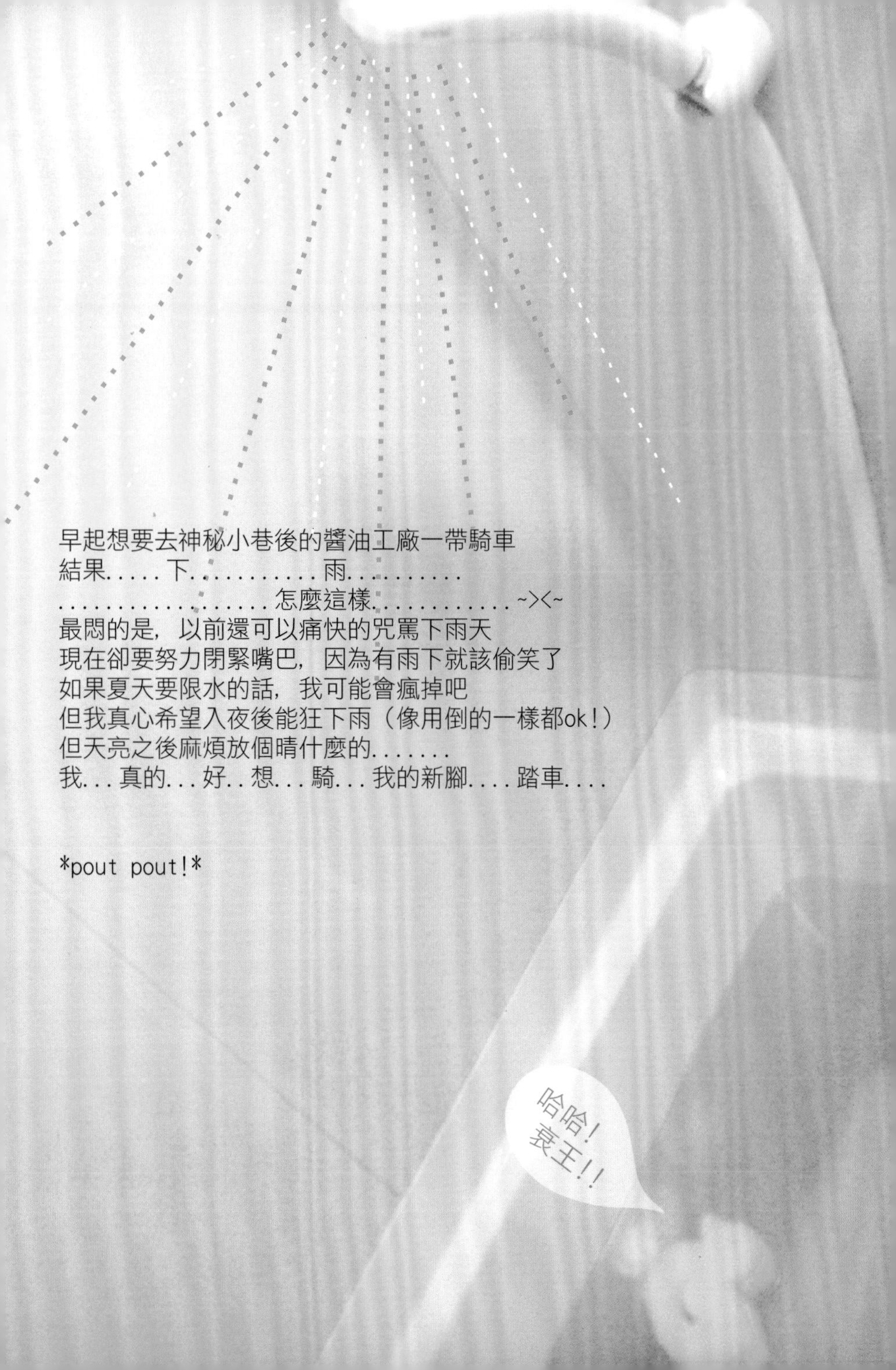

good morning

今年夏天，電腦又被雷給劈壞了電源器
雖然我實在不知道是怎麼一回事
總之每年不管是螢幕或電源器或網路卡
都會宿命般的被雷至少劈掛一次喔!!
而關於這個總令我們家傷透腦筋的問題
我在每一年的夏天都會問爸爸:
" ㄟ拔！為什麼每次雷都劈得離我們家特別近阿?? "
而爸爸總是很理所當然的回答:
" 因為家有不孝女 "

....
今年爸爸不在台灣，所以我改問媽媽:
" 麻～ 為什麼每次雷都劈得離我們家這麼近阿?? "
然後我的媽媽回答我:
" 妳打電話去問爸爸 "

....
.........算了.....總算修好了 :/

無言以對大概就像現在這樣。

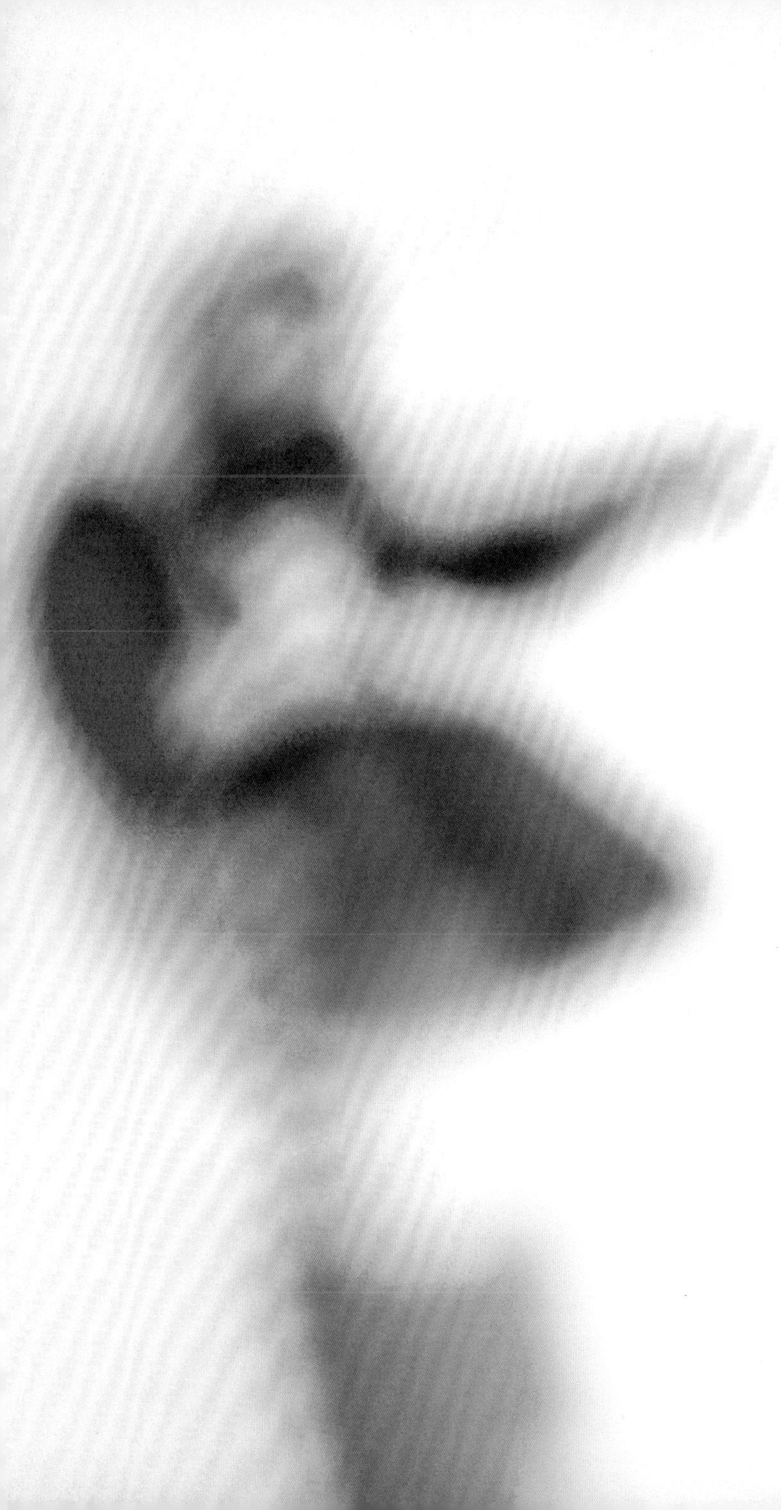

唉

真希望我脾氣不要那麼火爆

隨時都保持蓄勢待發的狀態⋯⋯（危險勿近）

08:12 PM

天，我竟然在下班時間後的兩小時又12分
還坐在辦公室一個貼著草莓貼紙的座位上

並不是什麼太忙或是太辛苦的理由
只因為連帶了一星期藍口罩的我
確信今天真的被病毒打敗了

我重感冒，咳嗽，喉嚨發炎，小case
兩邊臉頰就像燒起來的紅蘋果
耳朵也是很可口似的粉紅豬色系
發燒了，天吶，真懷念的一個動名詞

前十五分鐘我在5F女廁吐了
並沒有吐出中午吃的義大利手工餅乾
而是吐出了一堆氣泡和水
胸口熱熱的，頭昏昏的
整體的感覺就是：噁心

這時候call了爸爸希望他來接我
沒想到他跟媽媽要去逛街
也不肯在途中順便來接我一下
而是叫我自己坐捷運轉車回家

這就是親情吧～我想！＼___／

發誓上下班再也不坐計程車了
卻又一直想吐走路東倒西歪
也不好意思上捷運吐得亂七八糟
新發的健保卡或許該蓋章了

這樣也不是那樣也不是的我
只好一直對著電腦發呆
想回家又沒辦法回家的我
急於剖開我的腦袋
然後倒幾桶冰塊進去

嘔 又想吐了……
來打賭我幾點才會到家吧
嗚嗚……＞___＜……

最近發現所謂的低潮不單只是間歇性同樣也是可被征服的
努力作些充實自己的事情然後就算只是拉風inside仍然能得到飽足感與快樂
我真的好瞧不起那些在你笨拙游泳求生時對你不聞不問看著你難受嗆水任你滅頂也不願弄溼袖口
卻在你變成海豚或人魚後為你擁抱大海唱搖籃曲撒玫瑰花瓣的假塑膠人

真受不了射手座的人
例如我自己
當朋友倒是挺好
當情人就不必

練團後的#278公車上
來不及看到射手座愛情運勢就下車了
八成是負一百萬的bad luck吧!

聖誕快樂呀我的寶貝們!

祝長頸鹿先生狠狠扭到那東張西望的長脖子
如果能打個死結更是perfect　呸

天吶我的血止都止不完
是不是該掛急診啊!!???

不停的吞血吞血
滿喉嚨都帶著點生鏽的鐵味
這是heavy metal

偉華牙醫的醫生人好好
排隊時我只有台灣龍捲風可以看
袁世雄快要被bang bang
而拔大臼齒的過程實在太搖滾了
受不了的hardcore

本年度最慘的一天之一。

又痛又想吐
熱水袋沒用
止痛錠沒用
床上打滾沒用
地上打滾也沒用
哭沒用
不哭也沒用

一身冷汗
my stupid period!!!!!!

SIGH!

愛莉説的粉紅眼
我已經持續四天左右了

左眼幾乎快撐不開
照鏡子時
右眼是black & white
左眼是brown & pink

弄不懂藥局的人為什麼不賣我眼藥水
並沒有真的"過幾天就好了"

最心愛的兩隻小乖鳥死了
我真的恨透冬天
近來我的自閉症愈發嚴重

Xmas 冷淡鬼

就是我摟
耐性不足　脾氣火爆
難得在半夜吃不營養的泡麵
因為我被傳染到感冒了
在家打了一整天噴嚏

很酷的聖誕節
24號一整個下午在趕功課

其實鬱悶的主要原因是因為下雨
還有我們家的ADSL真的好爛
好了　我肚子餓了
去吃孔雀餅乾

媽媽今天吃飯時
説我最近講起話來
怎麼感覺江湖味那麼重!!????
我想就像jubow很man一樣吧
一種比較痛快的生活方式:X

凌晨四點jubow打電話來時
惡夢中的我以為是鬼

嚇傻了根本不敢接電話

作夢夢到電影裡的上流美殺了我鄰居
一個從小到大的漂亮女孩兒玩伴
真慘　我又沒看過那部片

回電給jubow時跟她講我的惡夢
電話那頭她笑得發抖
我要派出我們家肥肥去拜訪jubow

我要吐了

寫的那是什麼噁心回信
way too cheesy
makes me sicksicksick!
自以為prince charming

日安!
今天早上我自己拔掉了右邊大臼齒
失血ing

我今天刷牙的時候在想一件很生氣的事
一邊刷一邊想 然後刷著刷著
就刷出一嘴血了

養了一星期左右的小銀紋鳥羽翼漸豐
雖然還不會飛來飛去
但經常在下午我撕開餅乾捲包裝時
聽到吃的相關聲音而雙雙蹦跳出小鳥紙盒
一隻胖嘟嘟的比較靜的一直睡覺的是肥肥
一隻身材正點很愛吃愛亂動亂啾啾叫的是豬豬

妳嚇到我了
一定要讓我們交集的視線充滿濃濃的武俠味嗎

凌晨三點又哭又笑
我是白癡

光是想到好朋友受了點委屈
就覺得很火大好像隨時可以為了些傻理由打一架
不曉得跟射手座有沒有關係

愛恨一瞬間
比三立台灣台還有戲劇張力!

天　我以為長頸鹿都吃素

Taipei Mafia!

每次一下起雨來我就會莫名浮躁
無法自己控制的煩煩煩煩煩
好想出門去逛逛總覺得時間快沒了
又差點跑去把頭髮染成淺咖啡色
我真的覺得好煩喔做什麼都不對
煩煩煩好想躲進衣櫥裡不要出來

其實我的惡夢中常常出現Yoko Ono
而且我很害怕聽到她唱歌
嚇死我

sorry

我很愛爸爸媽媽很愛待在家裡很愛自己的房間
很怕天黑後身處於陌生的環境與人群中
於是我便被貼上嬌生慣養的標籤

如此一來我也無話可說欣然接受

甜心outside
流氓inside

不是表裡不一　也許是人格分裂
強迫症躁鬱症被害妄想症
不過誰不是呢?

要命的喜惡分明呀!
完全隱藏不住

下午要去東區練團時
遇到隔壁的一群幼稚園小孩
對著我衝過來問
姊姊妳要去哪裡玩我也要去

"大潤發"
我慈愛的微笑著說

小朋友們一哄而散

7 AM

手已經凍僵了左眼也快瞎了
抱著102g的哈根達斯冰淇淋麻木進食

經過無數次訓練
基本上就算遇到再想哭的事情
還是能冷靜/緩慢/俐落的收拾起情緒

我是後天無敵鐵金鋼

我有嚴重的被害妄想症

最近很容易感到疲倦
走在路上身體輕飄飄眼神渙散
感覺隨時都會倒在斑馬線中央

最近也很容易焦躁
會沒來由的在自己房裡或棉被裡怪叫
連抓狂一族都無法治癒我了

這時候再多的CINEMAX or shonen manga
都像空氣一樣輕薄又厚重的

去死吧　親愛的
晚上我想抱著你的頭顱睡覺
那麼我就能夢見粉紅色的草原
天藍色的大象　和橘子色的黃昏
...我睏了
you always make me so tired and depressed
當然這些也不會讓你知道
晚安

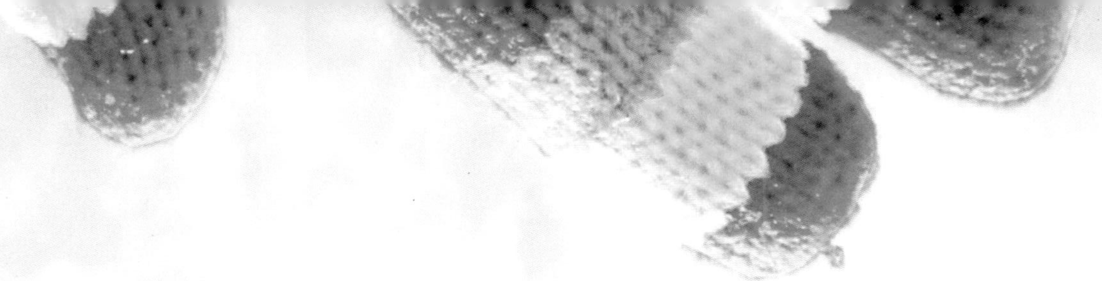

※醫院記事_1※

婆婆需要開刀住院，孫女兒跟著跑到遠在內湖的三軍總醫院去陪婆婆。平時感冒只去小兒科看病的我，當牽著婆婆跨進大醫院時，只覺得濃郁的藥味快讓我窒息了。來來往往的病人，交通擁擠的長廊（粗分為 防震第一的點滴小姐、快狠準的零散推車黨、以及超車不落人後的輪椅大隊… 等等 ），還有紛雜擾攘的廣播聲和交談聲，抽了兩張號碼牌，我跟婆婆說：「或許三分鐘後我會住進妳隔壁的床位。」辦理住院手續時，我要婆婆坐在旁邊休息的座位上等我，「婆婆妳先坐在這看一下電視喔。」說完我便在高低樓層間跑來跑去的辦手續。回到一樓時，我發現住院櫃台旁的座位坐滿了老人，每個人都眼神呆滯的直盯著電視看，一動也不動，嘴巴微開，乍看之下真的是詭譎到了極點。我趕緊在老人堆中找到了我婆婆，扶她起來時無意間瞥了一眼電視…噗吃！！這什麼啊！！畫面左邊清楚的顯示著 Hollywood 頻道－『生人活埋！』！天吶我想揍人～ 這種節目是給即將住院的老人家們看的嗎！？（而且每個老人都還看得一愣一愣）後來當我發現是個禿頭中年男人轉的台後，我還真想給他一記迴旋踢！（如果你們也都看到了他那副邊吹口哨邊扭來扭去的欠踢模樣就會了解我的心了）

※醫院記事_2※

地下樓算是大醫院中的快樂天堂，除了有 STARBUCKS，還有義大利餐廳和書店，當然對我而言最棒的還是7-Eleven！要在病房從早坐到晚是非常難熬的，除了照顧婆婆和跟前來探望的親友說話之外，我把大部分時間都消耗在「觀察醫生」上，連續三天的觀察結果顯示，大醫院的醫生不是看起來很傻氣就是很勢利。我是說真的！想看穿著白袍的討厭鬼嗎？中午地下一樓見，俯拾皆是。嚴格說起來我比較喜歡看起來傻氣的醫生，因為他們的頭腦和心地，通常都比一臉瀟灑帥氣的醫生好多了，不過呢心地最好的醫生，應該是獸醫吧？除了有耐心和愛心外，應該也很有赤子之心。

想著想著，大醫師帶著三位小醫師走進病房，他們看了看手中的資料，說：「嗯，這位婆婆是今天入院患者中歲數最高的…」然後大醫師開始交代我關於婆婆的飲食還有藥劑問題。其中一個相貌清秀的小醫師一語不發(大概也沒什麼機會輪他說話)，只是一直微笑的盯著我看，一邊作筆記一邊疑惑與他四目相接的我，發現他有雙澄澈的眼睛，而且感覺好單純好善良，「只有實習醫師才依舊保有這種特殊而且清新的氣質吧…」我愉快的心想著。

隔一天的下午，當我正坐在病床旁看 HUNTER X HUNTER 第 12 集時，聽見了門外的對話：『嗨嗨～ 漂亮小姐，晚上下了班一起吃個宵夜吧～』「討厭啦，人家正在忙～」『忙什麼？忙著想我啊？呵呵…』我好奇的假裝要去倒水走出門口一探究竟… OH GREAT，原來說話的就是那位眼睛澄澈的實習醫師。而後，我個人對他的評價，除了白癡加三級之外我真的想不到別的了。

※醫院記事_3※

後來我漸漸發現我喜歡待在病房裡，就在婆婆離開醫院的前一天下午。兩人病房中的床單枕頭套是薄荷綠，一整圈的可拉式布簾是粉粉的橘，白淨長廊兩旁有著寬寬大大的玻璃窗，陽光穿透進來把一整條長廊燙得發亮。病房區沒有一樓令人感到不舒服的藥味，也沒有亂七八糟的人群車陣，在婆婆午睡的那段時間我尤其喜歡，把椅子移近婆婆，然後半趴在病床邊上，拿本冊子安安靜靜的寫東西或畫畫，餓的時候也有吃不完的牛奶果汁海苔蘋果蛋捲餅乾(都是家人朋友送過來的)，總之很幸福就是。隔壁床的老奶奶總是咳個不停，心疼之餘我也逐漸習慣了她一定的節奏和頻率，回家之後因為太靜，我反而睡不著了。在醫院的第一天，我下樓買了一套有粉紫色小愛心圖案的睡衣給婆婆，她好像喜歡得不得了。婆婆的身體一切都好，只是五六包亂七八糟又寫不清楚的藥快把我搞瘋了… 不過同時發現神經一向很大條的自己，原來只要受到局勢所逼，也是能夠很細心的。:P

停
加强拖吊

baby² blue day .

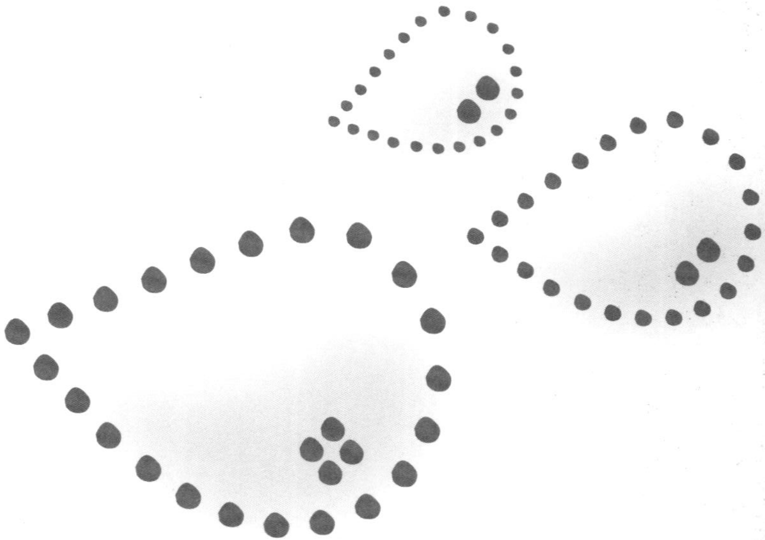

感冒第一天 － 喉嚨有點怪怪的
感冒第二天 － 開始咳嗽咳不停
感冒第三天 － 喉嚨超痛，不太敢呼吸
感冒第四天 － 鼻子像假的，快被我ㄒㄧㄥˇ掉了
感冒第五天 － 頭痛到做什麼都不舒服
感冒第六天 － 只剩咳嗽.... wait & see

bonbon loves me:
very very much;

中午十二點... 爸比跟爺爺上車前往機場了
"把拔你不要忘記每天四次提醒爺爺吃藥
弟弟已經把藥分類裝在小藥盒了"

早上是爸比難得上樓到我床邊叫醒我的
"寶貝阿... 起床吧... 一會下樓送送爺爺"
我嚇了一跳從夢裡醒過來
作的夢令我呼吸困難，所以當一睜開眼
看到床邊那個大圓肚子的中年人時
有種安心的感覺　也有股莫名想大哭的衝動
但我只是揉揉眼睛然後下樓刷牙洗臉

那種感覺讓我這種神經質的人
感到難受...　像是爸爸在樓梯口呼喚半天
想要跟他的小兒子道別一下
卻發現兒子早不知在什麼時候就出門上教會了
反正耶穌總是比爸爸媽媽爺爺奶奶重要
這類事情好像已經溝通無效太多遍了
所以爸爸只是笑了笑然後把行李拖到客廳

媽媽拎著一個好重的手提包出門忙了
她辛苦了二十幾年，退休了仍在為自己找辛苦
家裡只剩下客廳裡正在餵小魚的奶奶
駝著背穿上紅色棉衫的爺爺
在家門口等胖哥叔叔開Taxi來載他們的爸爸
還有一邊躲在走廊喝著冰牛奶
一邊皺起眉望著沙發上那陌生男人的我
他說他是來找我們隔壁鄰居的房客
而我們所能做的只是讓他在我們家留字條
然後告訴他出去之後要怎麼搭車

我感覺到自己有種想要他快點離開我們家的念頭
非常強烈...　或許是因為不安全感在作祟
當爺爺爸爸弟弟都不在身邊後...
理所當然我一定要保護我的奶奶和媽媽
說到這裡，我想我未來的一個月都會鎖著家門

後來胖哥叔叔穿著制服來了

我跟爸爸說 "把拔我覺得壓力好大
就像是小門神Morina"

"什麼事情都會讓妳感到壓力" 老爸笑說

"我作夢夢到有一天家裡都沒有人
有小偷來我們家, 我很害怕但是又打不過他
所以我就在樓上打電話給警察
但是警察聽了我的聲音就說我在惡作劇
我差點要被小偷殺死耶"

然後爸爸又只是笑, 拍著他自己的海灘球肚子

以前爸爸陪爺爺奶奶或是自己回湖南時
媽媽跟姑媽或誰去旅遊時, 我都很少擔心
不知道為什麼, 也或許是大家都生病了
當有一兩個成員要離開我身邊五天以上
我都會感到嚴重的焦慮與不安

算了...
其實我不知道該怎麼表達
當圈圈外的人覺得我真好什麼都不必做時
他們是無法體會一些
只有自己家人才明白的苦痛
我們時常很快樂, 那都是大家看到的
而不足為外人道的部分
不但別人看不見聽不到
我們自己也總是刻意的假裝忘記這些事情

我感覺自己是一隻
被養在底片盒裡的水母寶寶
每天看著一捲捲片段進來又離開
有些成功有些失敗
我喝了太多水, 既跳不出去也浮不起來

1918小熊問我生存的意義???
皺了皺眉頭我說：「你看，頭頂有飛機飛過去。」
配果汁服下梅雨季末期的阿斯匹靈
睜大眼睛小熊突然覺得這個世界好大好大
有好多好多還來不及拉拉手的朋友
咻一下就從地球表面消失了
小熊說他們變成天使，所以會更靠近天堂
「那天堂有沒有麥當勞呢??」
幫一些小朋友問的。寄給上帝一張POSTCARD
喜歡海洋，喜歡月亮，喜歡青草地
世界上還有好多快樂的好孩子
我們都不愛戰爭，我們期待每一年的聖誕節

THE WAR IS OVER (???)
THE WAR IS OVER (??)
THE WAR IS OVER (?)

天快亮的時候．我們不約而同想起水餃皺折的花邊
媽媽捧著一小碗牛奶放在後院的花叢中
「最近流浪到這裡的喵咪都喜歡隱匿在花叢中尋找生機。」
後來奶奶拿著長長的晒衣桿鋪了床單在樹下打桂花
而當喵咪被嚇跑的時候我有點生奶奶的氣

Sleepless spirit．清晨我閱讀到一些傷心的單字

是呀，我是愛妳的，因為奶奶妳是如此的愛我
金色陽光剝落在橘紅髮上
到這邊為止就不要再前進了．麻煩男孩們繞道而行
不開放停置／這塊空地是保留給爸爸媽媽爺爺奶奶和弟弟的
如果嘛嘴抗議我會把你清空進吸塵器裡
一個失眠又日夜顛倒的大孩子缺乏耐性和包容力
剁得細細碎碎的小紅辣椒刺傷眼睛
籍貫湖南省東安縣的唐家第三代長孫女有機械手臂
如果奶奶需要吩咐一聲還能組合變型
到了差不多就要報午間新聞的時候
爺爺拎著一大袋花爆狀的仙貝走進撲克牌裡
假若每天總是得這麼傷心．這麼小心翼翼的撕著日曆
我會推翻我所有的籌碼只為了一張紅心King
幼稚園的時候還會聽到「三十分鐘咻～一下就過去了！」
石松講古然後司馬玉嬌阿姨的妝差點垮下來
進廣告時總會唱著「天天開開心心～天天開心～」
妳開不開心？我是多麼的開心只因為身邊有妳有紅心Queen

壓
力
很
大　　莫名的

突然的　許許多多亂七八糟的
好悶好想爸爸

快
死
掉

了

作了惡夢．金黃色羽膀的小鳥
膠黏的童音和永遠綁不好的雙
有人躲在慵懶的雲朵裡哼歌．
女孩拎了小毯子坐得遠遠．牆
Discovery下午播放著知更
梳開你濃密的眼睫毛．荒涼的
除了打不完的檸檬噴嚏．還有
{我無法好過來．是那麼糟．
一些蘇打糖大小的海豚．順著
這也是夢境之一．大力水手和
令人懊惱的ㄅㄆㄇ練習簿／牙
萬大路上的三角公園／外公／
打溼了香香軟軟的枕頭．囈語
星期日早晨給女孩一個土耳其
睜開眼睛．破舊的大紙箱中裝
還有一些頭髮嚴重分叉的洋娃
惡夢被盒裝起來．
而中午大掃除時吸塵器轟隆隆

被困在女孩發冷的肩膀上

蝴蝶結．醒不過來

Bad DreamⅢ．有人拯救了草莓

壁是冰的

鳥是如何用歌聲分食你的小王子尾巴

美麗讓鎮上女孩全生了病

夜光麻疹．她說

在深夜的pub閃爍著☆☆般的螢光}

你手心上的圖騰飛躍／潛入

大同電視.三號娃娃車

膏巧克力

「說別人就是說自己。」

．翻來覆去

藍的吻．sugar-free

著小小的芭蕾舞鞋芭蕾舞衣+紗紗裙

娃．生鏽的口琴．和鈴鼓

Happy New Year ? :D

的浮躁舐乾了女孩的眼淚

習慣了撕裂感後就會覺得心碎只不過是一片小蛋糕
雨還在下

我發現

2001時的我，在照片中
跟2004的我幾乎沒什麼差別

現在的我是個滿足又緊張的22歲的大女生
我有一個溫暖可愛清新的療傷系樂團
我有一隻貼心又狡黠的白兔bonbon
and 一些什麼都能跟我聊的傻氣朋友
還有無論如何都支持著我的惠玲姐和家人

目前有一個真心喜歡的人
只是不知道這生平第三次的認真
最後是人家傷了我還是我傷了人

I don't know.
只想往前一直走一直走
直到不想動了為止

MRT的窗上用手指描畫月亮　晶亮亮的在拍立得上融化

車廂左手邊嗶嗶傳出去的訊息［１］　猜謎遊戲

ㄖㄨㄟ知道我一向不很喜歡紅色的眼睛　就像是惡魔撒旦之類

但我還是得直直盯著它　在夜晚的對街　11 : 45 PM

拿出今晚買的森永牛奶糖　老奶奶的笑容無價

撕開牛奶糖包裝的時候　哀傷的感覺差點跟著甜味捲飛

［where r u ?］　倔強的英文單字／o b s t i n a c y *

而後　我看見綠色的眼睛眨起了一條條斑馬線

緩緩步行過去卻忘記說晚安　開始覺得瀏海是群頑皮的孩子

橘色的Frente!很好聽　封面總讓我想起那個夏天　和你

如果夏天雨水的味道像是牛奶該多好　或者是

一片香草口味的陽光　雖然回家路上那條深深長長

有點十三號星期五的街很鬼魅　電話裡頭卻是Prince睡眼惺忪

105

台北市南京東路四段25號11樓

大塊文化出版股份有限公司 收

地址：市/縣 鄉/鎮/市/區 路/街 段 巷 弄 號 樓

姓名：

(請寫郵遞區號)

大塊 LOCUS 文化

Future · Adventure · Culture

謝謝您購買這本書！
如果您願意，請您詳細填寫本卡各欄，寄回大塊文化（免附回郵）
即可不定期收到大塊NEWS的最新出版資訊及優惠專案。

姓名：＿＿＿＿＿＿＿＿ **身分證字號：**＿＿＿＿＿＿＿＿＿ **性別：**□男 □女

出生日期：＿＿＿年＿＿＿月＿＿＿日 **聯絡電話：**＿＿＿＿＿＿＿＿＿＿＿

住址：＿＿＿＿＿＿＿＿＿＿＿＿＿＿＿＿＿＿＿＿＿＿＿＿＿＿＿＿＿＿＿

E-mail：＿＿＿＿＿＿＿＿＿＿＿＿＿＿＿＿＿＿＿＿＿＿＿＿＿＿＿＿＿

學歷：1.□高中及高中以下 2.□專科與大學 3.□研究所以上

職業：1.□學生 2.□資訊業 3.□工 4.□商 5.□服務業 6.□軍警公教
7.□自由業及專業 8.□其他

您所購買的書名：＿＿＿＿＿＿＿＿＿＿＿＿＿＿＿＿＿＿＿＿＿＿＿＿

從何處得知本書：1.□書店 2.□網路 3.□大塊電子報 4.□報紙廣告 5.□雜誌
6.□新聞報導 7.□他人推薦 8.□廣播節目 9.□其他

您以何種方式購書：1.逛書店購書 □連鎖書店 □一般書店 2.□網路購書
3.□郵局劃撥 4.□其他

您購買過我們那些書系：

1.□touch系列 2.□mark系列 3.□smile系列 4.□catch系列 5.□幾米系列
6.□from系列 7.□to系列 8.□home系列 9.□KODIKO系列 10.□ACG系列
11.□TONE系列 12.□R系列 13.□GI系列 14.□together系列 15.□其他

您對本書的評價：(請填代號 1.非常滿意 2.滿意 3.普通 4.不滿意 5.非常不滿意)

書名＿＿＿ 內容＿＿＿ 封面設計＿＿＿ 版面編排＿＿＿ 紙張質感＿＿＿

讀完本書後您覺得：

1.□非常喜歡 2.□喜歡 3.□普通 4.□不喜歡 5.□非常不喜歡

對我們的建議：＿＿＿＿＿＿＿＿＿＿＿＿＿＿＿＿＿＿＿＿＿＿＿＿＿＿

＿＿＿＿＿＿＿＿＿＿＿＿＿＿＿＿＿＿＿＿＿＿＿＿＿＿＿＿＿＿＿＿＿＿＿

＿＿＿＿＿＿＿＿＿＿＿＿＿＿＿＿＿＿＿＿＿＿＿＿＿＿＿＿＿＿＿＿＿＿＿

（ 可不可以告狀？倒立聽到我的生日是13／Fri 時把椅子往旁邊移 > x < ）

轉角有個青綠色頭髮就像是蟋蟀先生的壞男生在敲門

非關trick or treat　他的血糖過高　患了厭食症的大門再也不收信了

草莓軟膠鞋催促我快快走過　光怪陸離的夜晚和叮噹鑰匙串

喉嚨發炎　聲帶在南瓜馬車消失後變成一片海苔

沙沙沙的　街燈下女孩ｃ傻裡傻氣發音練習　a-i-u-e-o

不是小美人魚　我家王子沒溺水　聲音跑哪去了？？

好想念溫開水　好想念薄荷糖　好想念枕頭好想念媽媽　好想快快回家

門鎖發誓它不會吃了我　但是爸爸媽媽不在家　偷走秘密通道

值日生今天輪到我　卻聽見廚房裡碗盤鏗鏘作響的聲音

「覺得感冒了就早點睡覺，爸爸去看古董拍賣，媽媽住在外婆家。」他說

Pillow Queen & Dishes King 是一對姊弟　作姊姊的幸福無比{☆}

dear Tiffany,

總覺得最近的事情好多好雜
想都沒想過老被我笑胖嘟嘟的狗
一隻大家都說她是我妹妹而我不願意的狗
在四年後死了, 措手不及的離開了
前一天媽媽要我幫狗洗澡, 我甚至回絕了
只因為我累了, 想睡覺了
隔天下午, 荳荳也長睡不起了...

我無法從爸爸口中, 想像她僵硬痛苦的模樣
無法從弟弟口中, 想像她翻起眼睛的可憐模樣
寫到這裡我又淚流滿面了
我不敢哭, 明天還要去工作呢
昨晚因為孩子般的大哭, 今早眼睛幾乎撐不開
好多好多的事......
我不敢想像前陣子的快樂和緊接而來的痛苦
是如此矛盾而倔強地在我的十八歲並存著

當荳荳生病的那幾天
有一天早上我在前往台北車站的捷運上
想著「如果她要死了, 我會不會把壽命分給她?」
我真恨我當時嘲笑自己的想法
只因為早在好幾個月前, 我在妳見過的那本隨身畫冊上
就有寫了一面和上帝的契約
如果對我很重要的爺爺奶奶誰將離開人世
我不在乎我是不是只能活到二十歲
儘管把我未來的生命都平分給他們吧

妳知道那篇是什麼時候寫的嗎?在認識妳之前
去年六月, 我在Singapore時某晚作了惡夢哭著醒來
匆匆忙忙的掏出了筆和畫冊, 我邊哭邊寫的
我想上帝一定會答應我的, 爺爺奶奶要健康的好好活著
我現在只恨我當時沒有為荳荳作些什麼
有人要是看了這些, 一定只覺得我很傻或神經病
但是我很認真, 我是一個對上帝虔誠的無神論者
現在講什麼都來不及了......

我告訴媽媽，我很訝異妳也為了荳荳掉眼淚
以後妳再來我家，看著不大的客廳
會不會也掉下眼淚呢？
每個午後，爺爺坐在魚缸前的那個位置看老電視
奶奶坐在面對電視的沙發上拆著菜多餘的葉子
荳荳就在爺爺椅子前面的前面地上
趴在她的方型小墊子上
搖著有綁蝴蝶結的小小尾巴
轉著兩雙水亮亮的眼睛，偶而跑向我們
滾了一圈半側著圓嘟嘟的肚子示意要我們摸她
或者是在每個我們晚歸的深夜
客廳只剩下魚缸的小日光燈，一開了鎖推開門
就可以看見荳荳好像笑著，望向我們

妳想不想她?我好想她好想她
我趁大家都睡著時，跑到她以前的墊子位置前
蹲下望著空空的地板，假裝她還在那裡
然後我跟她說"荳荳妳要乖乖睡覺唷..."
我以前只會對她說"荳荳閉嘴！不要叫！"
我從未溫柔的對她說過什麼悅耳的話
當她再也叫不出聲音時，我懷念她的咆哮
其實我知道那是一種荳荳想要捍衛我們家的表現
儘管她只是裝大聲其實內心害怕的小小約克夏
我好後悔我那麼愛她，我沒有讓她感覺到
甚至一直到了她死了我才發現

我不想聽大道理，也不想聽什麼解不解脫的說法
我不是真的很想知道
什麼叫失去了才懂得擁有時的幸福
只希望上帝能把我的荳荳還給我！>__<
我想我明天大概會醜得不能再醜吧
因為我現在已經哭慘了，一幕幕景象都浮了出來
什麼事都不重要了！

我不生氣了　我不埋怨了　我不任性了
但要叫我不難過我真的做不到
我要我的荳荳...她一定被火燒得很痛
她生重病已經好可憐了...我不要她痛
我現在也覺得好痛...我不行了
再不睡覺我的眼睛和臉真的完了.....
本想快樂的和妳聊聊妳最有興趣的佈置
只可惜我還是提到了最傷心的事

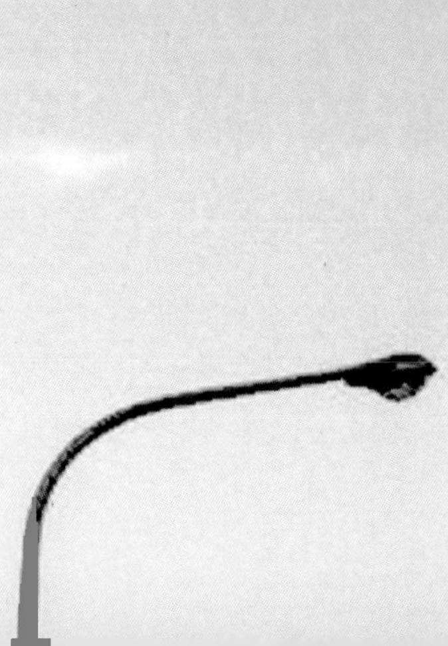

下午 03:27。 好像有小天使飛過頭頂。 到目前為止我仍然無法確定
振翅高飛。 或是直線墜落。 可以引用一套超級車樂團的公式來計算
sorry mommy。 無意頂撞。 睡眠不足我在壞掉的電冰箱
被撕手米姬公路跳躍。 意識不清關係好糾結。 大聲唱drive!
把超市的推車推進公園裡。 乘載楓葉的teenagers。 哈啾
鵝黃色針織毛衣。 台北市的秋天遲到早退。 我的百折裙嚴重少根筋
單車的後座弟弟載我。 傍晚水泥牆上的影子好清晰。 十少一把氣球
不新鮮的牛奶。 過甜膩的泡芙餡。 暈眩的感覺攪在胃裡solo
為什麼要沿著我的虛線裁剪? 我又不是紙娃娃。 該死的小紙糊腦袋
蹦跳。 轉圈圈。 supercar is super fast

我 想 哭 !
可惡阿! ><

我說我好浮躁好難過好不舒服
但是完全沒有原因或理由
所以我懊惱得想躲進棉被裡哭
(而事實上我又怎麼樣都不願意靠近我的床)

凌晨收到愛力斯的手機短訊
他傳來笑咪咪的符號告訴我今天下午見摟
我應該開心　我吃著不常吃的泡麵
懶洋洋的轉著搖控器

everything's fine, relax.

接著是一張吃泡麵前的小紙條:

我想我真的很難過　這時候連巧克力或是HBO都救不了我
我不是為了誰在難過　也不是為了什麼事在哭
我就是莫名其妙的感到不舒服　壓迫　憂鬱
不敢聽音樂　所有在快樂的我時所喜愛的花花草草
現在聽來只覺得哀傷　如果我邊聽BUNNYGRUNT邊哭
會不會有人把我當成傻瓜?

沒來由的內分泌失調　我喝了將近半罐的克寧高鐵高鈣奶粉
但仍然無法停止我的眼睛朦朧　我跟5號房的女孩說
我需要一個擅長搞笑的人能讓我抱著不放
然後在他或她或它的懷裡大哭一場
每晚我都開著除濕機入睡　水盒滿了機器就會停
小小的房間關著窗　抽不到兩個晚上的空氣
水盒已經滿了　我想它或許偵測到了我的眼淚或熟睡時的口水

cry cry

我肚子不餓　但我想去師大夜市吃可麗餅吃牛魔王
我應該要感到快樂　但我只想哭
我不舒服　我很難過
我想我真的很難過

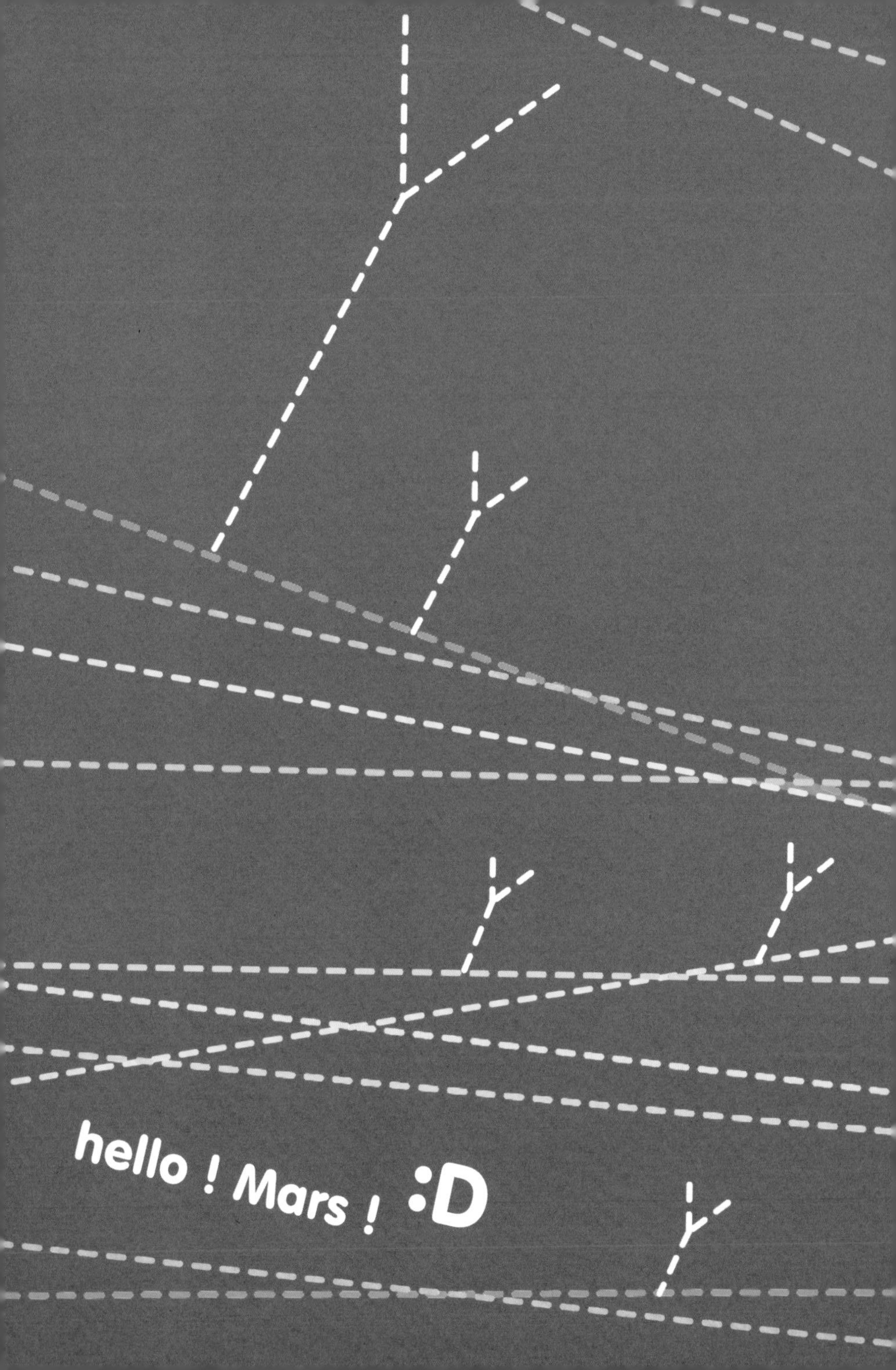
hello ! Mars ! :D

{THE Zebra boy}

遇見一隻紅白條紋的斑馬
它圍了條看起來很舊的毛巾
穿著木屐向我ㄎㄧ哩ㄎㄡ摟走過來

"Yo, what's up!?" 它說
站著斑馬式三七步
頸背上的鬃毛是富士山電棒燙

"NOTHING'S UP LAH!" 我回答
它開始不耐煩的抖腳
給了我一百連發奶油泡芙
我倒在地上

舔了舔傷口

yummy! ;D

剛才打到上海去給媽媽　嬸嬸說媽媽出去了
我就打媽媽的手機電話　媽媽在車上
沒看成博覽會　她說她要去人民廣場
媽媽問我有什麼事　我說沒什麼事但sorry mama
因為心情不好所以講了不好聽的話
其實我也沒說什麼　就只反問了媽媽那句
不過我想我傷了媽媽的心　我太自私
每次我生氣時就真的會是超暴躁的生氣
但氣來得快去得也快　雖然我仍不原諒讓我生氣的人事物
但無辜被波及到的我愛的人　我還是會趕緊道歉
想了一想　我之前洋洋灑灑寫了一大堆家事
但在媽媽出國前　有一大部分也是媽媽在做的呀
她一做就幾十年　我才做不到兩個月
憑什麼生氣？　真要遷怒也應該是去遷怒弟弟
不應該把氣出在媽媽身上　出國旅遊本來就是要快樂
我幹嘛像個刺蝟一樣到處扎疼那些深愛我的人
就連我爸爸上班前　聽到我跟媽媽的對話
問我在心情不好什麼　我還回答就是心情不好不行嗎
我爸爸每天都為了工作要台北和桃園兩頭跑
每天每天都要這樣　要是我　不到一星期就煩死了
弟弟唸淡大也是好遠　回家晚了點我還老罵他
他常常忘了關燈就在地板上睡著我也罵他
但我沒去想過他一定是很累　時間不夠用
學那些程式語言累到書沒念完就睡著
我幹嘛一直責備我的家人??
媽媽說晚上她回上海嬸嬸家後　我們電話再聊
語氣很溫柔　我真的沒說什麼
但我還是慚愧的掛了電話就直想哭
我只是煩躁　只是厭惡那些偷竊踐踏我創作的人
就只是這樣而已　我會努力調整心態

マミー

in our pretty conversations ,

海灘女孩與加油站男孩飄浮在樂高海洋的第一個星期
所有的厭煩和疲倦都化成瞳孔裡的蘇打泡泡
當浪就這樣拍打過肚子上時
他們聽不清楚彼此的尖叫聲
有小梅花鹿的蹄聲從海岸遠方傳過來
常常弄丟耳朵的搖滾歌手替他們訂了一盒起司PIZZA
揣測著彼此的季節性．才傻傻咬下餅皮的一小口
{ 你抄下來了麼 } 她羞澀嚼起自己的馬尾巴
{ 萬聖節．你會記得送我你的大臼齒吧 }
---(喔好…)--- 加油站男孩眨眨眼後．就睡熟了
夏天過去的小樹屋．老奶奶浴帽裡的小蜜蜂
遺落在小溪底的玩具鑰匙．火車ㄌㄨㄥ ㄌㄨㄥ ㄌㄨㄥ ㄌㄨㄥ
然而他們正飄浮著．在月亮總請生理假的那片海洋
海灘女孩無法成為人群中的南丁格爾
加油站男孩卻總是那最瘋狂的唐吉訶德
雖然他連船都划不好

☆

清晨又作了怪夢

一個穿著櫻花色和服的女孩
黑溜溜的齊瀏海比我還厚
眼睛兔子似的透明果紅
她掐著一張有香味的地圖走向我問路
關於神社還有紅豆麻薯之類的

我直盯著她白得透出微血管的臉看
每當她開口說話我就聞到茉莉香
突然　一隻貓　很不友善地
繞到我腳踝邊抓出了幾道血

這是童話。當夜色比巧克力醬還甜膩
後來吸血鬼開始服用過量的阿斯匹靈
灰姑娘開始援助交際然後我們會看到
南瓜馬車的椅背上貼著她的電話號碼
她說她天真無邪清純秀麗只是很缺錢
Give me a jingle tonight
七個小矮人也在森林開起星期五餐廳
壞皇后喜歡去白雪公主喜歡去甚至是
小紅帽也常常光臨。我問她外婆呢？
她抓抓頭說外婆還有大野狼和獵人呀
只是常為了三角戀愛的習題傷透腦筋
潮濕的巷弄裡我遇見皮諾丘在呼大麻
打從小木偶有血有肉後他就離家出走
裝個乖孩子真難！只是小木偶怕火燒
說完他就把長鼻子拔了下來使勁咀嚼
童話書往往要翻到了最後一頁才知道

原來王子患有狹心症所以他不會愛人
而睡美人甲狀腺亢進古城堡百年孤寂
某個下午我拜訪了彼得潘和虎克船長
他坐在他的大腿上他也摟抱著他的腰
然後他他擁吻他他打鬥他他擁吻打鬥
我問他他這樣的生活難道不會厭煩嗎
他他搖頭他他喜歡刺激喜歡愛得血腥
回家的路上有一間華麗新奇的糖果屋
哇！三隻小豬一隻在屋頂一隻在大門
還有一隻咬了口餅乾說哥哥我頭好暈
蛋捲窗裡頭傳來老巫婆咯咯咯的笑聲
紫色薰香透露著：她不餓，只是飢渴
大雪中很冷但是我真的買不到火柴了
傳說賣火柴的小女孩活生生燒了父親
然後抬頭我們會看見聖誕老人在哭泣
叮叮噹～叮叮噹～聖誕夜鈴聲多響亮

URBAN FAIRY TALE #1

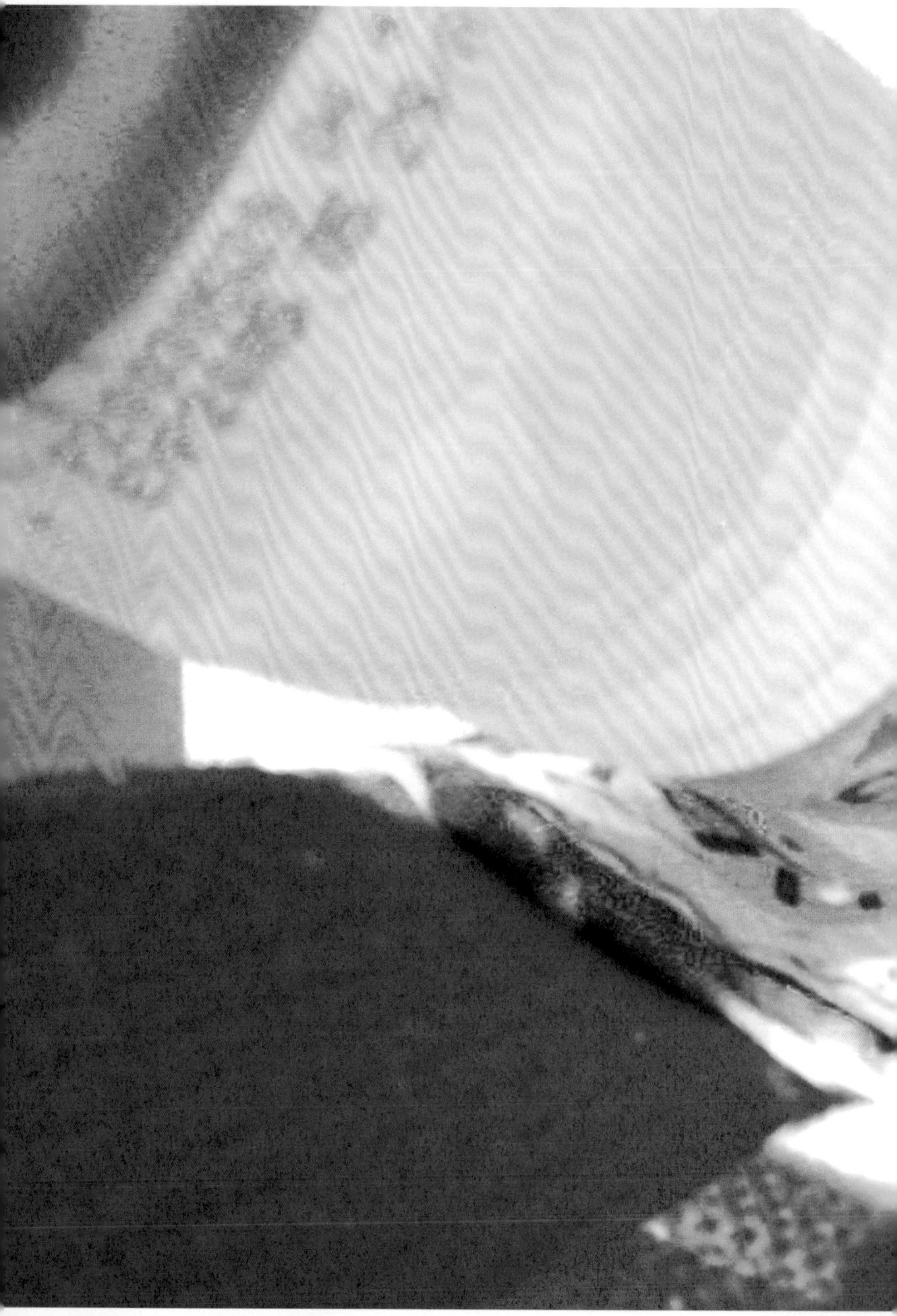

嘴巴總是奇倔無比。

當我一臉彆扭的說：

「我管你去死啊～！」的時候

那代表著
你最好別去死，
因為我管定了。

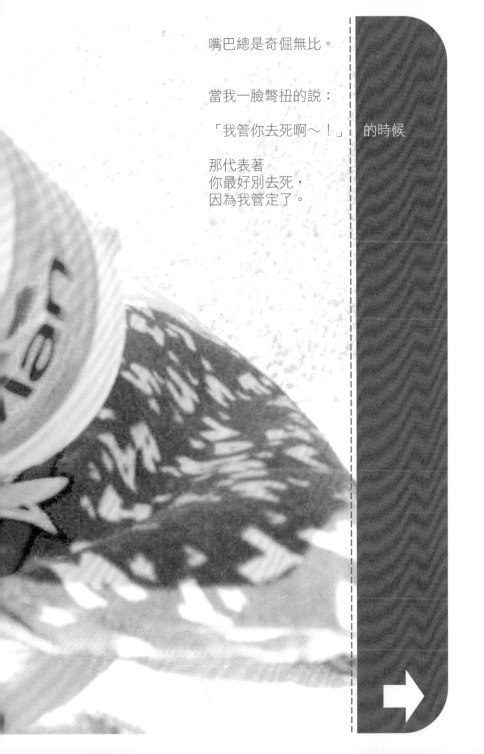

晚上作夢夢到一個樂高人來找我

" 羨慕嗎? "
他把塑膠頭蓋拔起來
又套了一個新的髮型上去

" 五秒鐘換髮型跟衣服唷 "
樂高人看起來很洋洋得意

好啦你最IN

行了吧???

hairstyles.

who cares anyway

非常の際には、ここを破って
隣戸へ避難出来ます
非常口となりますので物等を置かないで下さい。

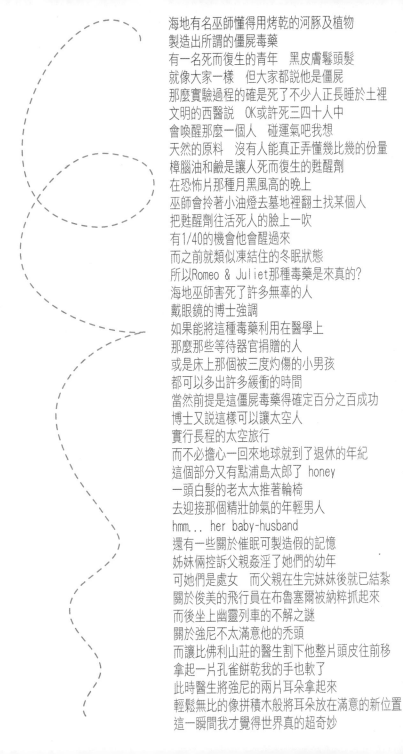

海地有名巫師懂得用烤乾的河豚及植物
製造出所謂的僵屍毒藥
有一名死而復生的青年　黑皮膚鬈頭髮
就像大家一樣　但大家都說他是僵屍
那麼實驗過程的確是死了不少人正長睡於土裡
文明的西醫說　OK或許死三四十人中
會喚醒那麼一個人　碰運氣吧我想
天然的原料　沒有人能真正弄懂幾比幾的份量
樟腦油和鹼是讓人死而復生的甦醒劑
在恐怖片那種月黑風高的晚上
巫師會拎著小油燈去墓地裡翻土找某個人
把甦醒劑往活死人的臉上一吹
有1/40的機會他會醒過來
而之前就類似凍結住的冬眠狀態
所以Romeo & Juliet那種毒藥是來真的?
海地巫師害死了許多無辜的人
戴眼鏡的博士強調
如果能將這種毒藥利用在醫學上
那麼那些等待器官捐贈的人
或是床上那個被三度灼傷的小男孩
都可以多出許多緩衝的時間
當然前提是這僵屍毒藥得確定百分之百成功
博士又說這樣可以讓太空人
實行長程的太空旅行
而不必擔心一回來地球就到了退休的年紀
這個部分又有點浦島太郎了 honey
一頭白髮的老太太推著輪椅
去迎接那個精壯帥氣的年輕男人
hmm... her baby-husband
還有一些關於催眠可製造假的記憶
姊妹倆控訴父親姦淫了她們的幼年
可她們是處女　而父親在生完妹妹後就已結紮
關於俊美的飛行員在布魯塞爾被納粹抓起來
而後坐上幽靈列車的不解之謎
關於強尼不太滿意他的禿頭
而讓比佛利山莊的醫生割下他整片頭皮往前移
拿起一片孔雀餅乾我的手也軟了
此時醫生將強尼的兩片耳朵拿起來
輕鬆無比的像拼積木般將耳朵放在滿意的新位置
這一瞬間我才覺得世界真的超奇妙

meow

穿著始終大同小異的連身黑碎花孕婦裝出門逛街時
他們都　著嘴巴小小聲的密告著阿打婆來了阿打婆來了噢
阿打婆曾經煮過一盤水餃給姐姐家的嬤嬤帶回家
姐姐跟蝸牛還有貓只是乖乖坐著把雙手平放在大腿上
腳上還穿著魔術粘球鞋和綁帶固定的溜冰滑輪呢
除了嬤嬤沒有人吃過一口因為大家都不想要變成紅內褲橡皮人啦
然後有那麼一天橡皮人聽說打了守望相助亭裡老王爺爺的頭
老王爺爺把他的頭裝在塑膠袋裡一枴一枴的走來敲紅色大門
河馬哭著壓住紗門說不可以不可以你打不贏橡皮人的
只是爸比就是火了跟著附近的幾個爸比拎了蝸牛的鋁球棒就走
小蝸牛還爬下床揉揉眼睛問了一句不需要借你棒球手套嗎
然後姐姐跟河馬看著橡皮人在爵士舞台的街燈下問候家裡的嬤嬤
頂了三張鐵椅子一口氣就拋了過來果然不愧是橡皮人哩
但是河馬就是哭個不停他看了太多英雄漫畫他以為橡皮人無敵
他不知道爸比組織一出動就像是電話亭裡同時飛出一百隻SUPERMAN呢
大哥我不敢了阿噢攀著窗框看戲的小學生們全都咯吱笑了出來
果然大家的爸比才是無敵的好萊塢動作片巨星而橡皮人只是個賣咖啡的小弟
蝸牛說完後老虎就開始鬧脾氣誰想名字跟橡皮人一樣阿
貓還來不及參與而袋鼠仍舊在冰箱裡發抖著我們無能為力
此時水蛭拎著麻瓜才吃的涼麵進來擠了一圈一圈的蘋果美奶滋
暴躁的姐姐停止跳舞一拳過去水蛭就被打貼在牆壁
你為什麼不買老奶奶的米粉有老奶奶的焦蔥老奶奶的愛心
牆上的蝸牛舔舔水蛭說沒關係你新來的還不懂我們姐姐她的壞脾氣
接下來大家聽到的是清清脆脆一陣蝸牛殼碎裂掉的聲音
可是一屋子就只是笑因為這不是第一次了呀
嘿袋鼠麻煩幫我把冰箱裡裝M&M、s巧克力的小瓷碗給我一下
笑個不停就連姐姐都笑得在天花板上盪來盪去
一不小心撞上了嬤嬤的黑白老照片阿哦這下可糟了
相框表面的玻璃碎開了嬤嬤的臉和小腳都被碎玻璃給劃花了
再也看不清楚嬤嬤了再也看不清楚嬤嬤了
袋鼠老虎蝸牛水蛭姐姐和貓都開始哭了真的不敢再搗蛋了

START

姐姐跳著舞問牆壁上的老虎和蝸牛需不需要買一台除濕機
最近的天氣好像挺好只是房間裡潮潮的濕氣好重
但老虎說那只是多餘或許冰箱裡的袋鼠才需要一台烘手機
把出風口往左上方轉一點點大家就會感覺快樂無比噢
可是可是每天下午走到過三關巷口老奶奶的米粉攤前
總是會忍不住跳開連續六個水溝蓋好像事不關己
因為如果一停下來說午安眼淚就會開始掉個不停噢
就像是奶奶小屋子裡那個從來都關不緊的怯懦水龍頭
其實也不完全是這麼回事啦這是蝸牛插進的第一句話
他說哪有這回事啊姐姐妳沒看見倒退五步的紅茶嬸嬸麼
就是那個把碎碎的冰和冬瓜糖攪和在一塊的魔術師呀
還有我們跟河馬狐狸一起把躲避球踢上去的屋頂
跑回家拿來晒衣架和小板凳卻怎麼勾也勾不著的星期二
搖搖頭姐姐才不記得這些呢只是最近大家都輪流掰掰
躲在半掩的紅色大門後哭著笑著的小朋友都失蹤了
梅花鹿拉著姐姐的手說我們自己畫畫然後去貼尋人啟事八
就在每一根電線桿149公分左右的位置噢再高也貼不到了
好八蝸牛那你說你還記不記得綠門白條紋裡頭住了誰
當然摟誰不記得的舉手？除了老虎和貓大家都打著拍子
開始唸起滑稽的打油詩內容出現了水餃任天堂阿打婆和紅內褲
穿著紅內褲的小虎每天都躲在綠門後面吸著強力膠噢
對呀對呀就是我們捏著小鼻子用來黏玩具的那種呀
嬤嬤說小虎吸了好多好多現在已經是一條無敵橡皮人了噢
難怪他常常像蜘蛛人一樣爬到爸比的車頂上大聲唱歌
在姐姐跟河馬坐在客廳地板上玩任天堂泡泡龍和超級瑪莉時
搖搖擺擺的用橡皮人舞步跨過一排小小的眼睛前面
告訴姐姐的爸比唉唷大哥再借一包煙吧其實他才沒興趣呢
愛搗蛋的中年橡皮人有個身材像馬鈴薯的媽媽禿著鬈曲的紅髮
小朋友都怕她都聽爸比媽咪說過關於他們的奇妙傳說
所以當大家看著橡皮人的媽媽雙手提著大袋垃圾

[Bedtime +]

I cannot sleep, on the bedtime I'm like sheep
running at the beach, my flowery trip

she's in my dream, she just looks like me
I want her to hear me
so I jump off the bridge

fantasy, fantasy,
in my dreams
fantasy
fantasy, fantasy,
in my dreams
fantasy

she's on TV
I see her, bruises and destiny
listen to blue shells
we're sleeping under the sea

mermaids scream
fish spin
she looks at me
her eyes become cherries
fruity pink pink tears

my fantasy

she stands in the orange sunrise
the baby blue elephants there are dancing around her
a flying silver pony dives in her dress
she seems wearing the sparkling milky way

she's pale, and so quiet
i love when she closes her eyes
she smells like clean strawberry laundry

shhh...

我對單純孩子氣的男生沒免疫力

☆☆都習慣被釘在很遠很遠的地方

TVstars ☆
Rockstars ☆☆
Moviestars ☆☆☆

簡稱你為**STAR JB.**

你住在紐澤西
你喜歡二手衣

聲音像加了嬰兒痱子粉的老收音機
極粗糙卻也十分香軟可愛的滑行
我睡不好
也搆不著

我是喜歡故弄玄虛的渾蛋女孩
並且不准你再唱歌了

和弦太美麗，我的聲音被加了冰冰涼涼的回音
聽起來像是在某異國老教堂的長廊上反覆低喃著妖精一樣的詩

不停的repeat你作給我的loop
這會讓我浮躁的情緒變得澄澈 平靜
重覆聽著自己細細碎碎唸詩的聲音也不覺得噁心

如果有一天上帝派了個小天使下來
讓我可以自由捨棄身上的某一樣東西
我想我應該會選擇"想太多的毛病"
而不是嬰兒肥或是壞脾氣...

之所以突然有這種想法
是因為我受不了自己雖然太容易感動
也太容易神經質和敏感了
在網路上，因為看不到彼此表情
所以有時候當對方只是回我
"嗯" or "喔" 的時候
我就會開始感到不安

真的很蠢......
因為有時候朋友只是在忙
所以匆匆回答一句嗯喔
其實跟":)"是沒什麼大差別的
我雖然非常明白這道理
但"喔"和":)"在我心裡
所接收到的感覺仍有如天壤之別

其實常看到別人文中
都會提到"心碎"兩個字
但我看過去時卻一點感覺都沒有
或許是對這兩個字的真實體驗並不多吧
我覺得能讓我心都碎了的事
應該會有關家人的生死離別
或者是好朋友之間的背叛與欺瞞
因為我最重視的兩樣東西
就是家人與好朋友
愛情倒無所謂，我現在是百毒不侵的狀態

不過...還是蠻好笑的
我剛才一瞬間真的有種小心碎的感覺
pfft...不過就是個"嗯"嘛!
我幹麻啊我........噗~
果然還是被人哄習慣了..... Q___Q

PS. 會聽見劈哩啪啦的小聲音噢!

dear Tiffany,

他昨晚跟攝影師吃完飯後一直聊到凌晨四點
然後竟然狠心打電話來把睡眠中的我吵醒

我以為發生了什麼事，而他以為我在不高興
他説 "那妳要不要作我的女朋友?"
我説 "我沒有這樣想過呀!" <---很裝死吧?

ha... :9

but what should I do?

kc with 5 heads.

memo for today:

1. 永樂市場 / 不織布

2. 牙醫

3. 身分證 / 照片

4. 17號油墨 / 卡紙

5. DC連接線

6. scan

7. 叫爸爸把棉花搬下來

8. 小蛋糕

9 外套釦子掉了

晚安寶貝．今天你那裡的氣候怎麼樣？
小火車開過潮濕的山麓但肩膀上天氣晴朗
用一把茉莉花換一張長頸鹿遊園券
(((◎數一二三小熊就要開始冒險航行囉◎)))
讓小熊在長頸鹿先生的左心室轉圈圈
噗通一聲撞到的是M形狀的麥當勞山
晃來盪去的吊橋是膠卷鋪出來的
流璃色的小湖泊裡有四十色的色筆小金魚
喝了的小熊捲根吸管插進小湖裡
不甜的汽水感覺在臉頰上開始洗泡泡浴
雖然不是蝦蝦但是滿臉通紅唷
頭昏腦脹哈囉？小熊是喝嬰兒洗髮精長大的
三拍子的遊樂園音樂．旋轉河馬轉轉轉
光線不足的左心室無重力狀態
太空小熊想偷偷在你心上插一支旗子
宣告1：〔這是小熊國的寶貝資產〕
宣告2：〔隨意越境者將受小熊光波逼逼逼攻擊〕
星星一個也沒有的晚上（＝☆☆空集合）
睡在果紅色玩具帳篷抱著草莓汽水
耳朵裡還是有德國木製小火車的汽笛聲屋屋
比爾．布萊森先生的小兒子吉米
在找一把『星際部隊宇宙敢死衝鋒槍』
永遠的七號走道．小熊噗吃笑
長頸鹿遊園地近日關閉重整翻修增添遊樂設施
計畫1：〔把小湖泊改填成香草奶昔口味〕
計畫2：〔建造一座不偏食摩天輪〕
小熊探勘航行結束！但啾比還是忘了插旗子

/_____/\\
(> (X) <)!

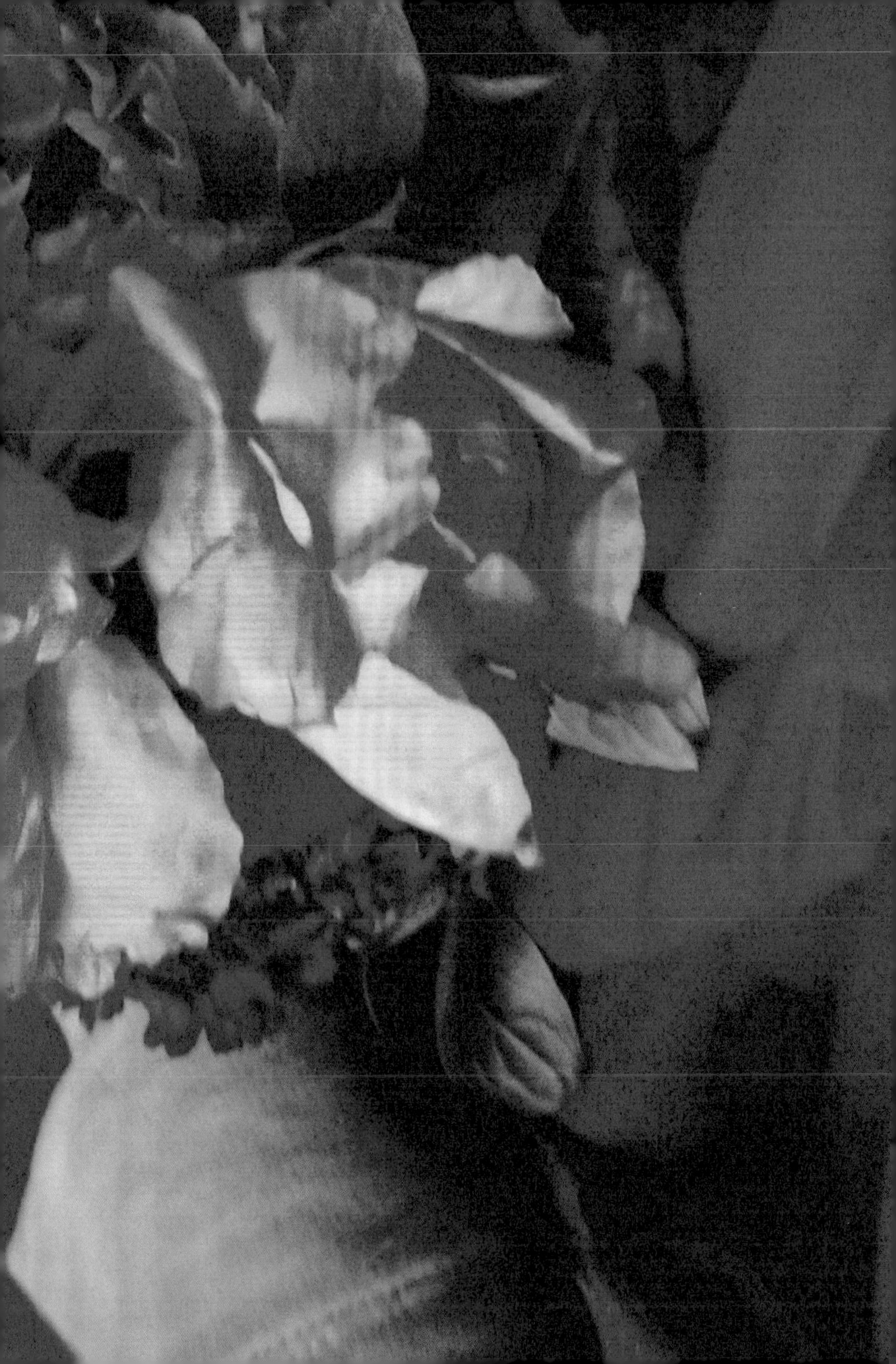

とことんまでやってみなさい!!! ♥

最近幾天還亂忙一把的，但忙得非常開心
而有些原來就像惡夢般的東西，也漸漸成為我生活中的一部分
例如　難喝到極點的四物湯，令人作嘔的靈芝膠囊
反而那些曾像是天使般美好的事物，卻逐一被我踢踢出去
例如　令人小鹿亂撞的可愛寶貝
2003年過了差不多1/3，開始學習看遠一點
所有惱人又影響我生活步調和重心的小美麗
還是當作蒲公英一口氣吹散掉就算了

爸爸媽媽最近非常愛我，包括我的新單車也是一樣
然後我發覺我的好朋友個個都是讚到爆的角色
愛我的朋友愛到不行...我很高興我是現在的我喔!
哈哈不知道在說什麼，有點愛睏
昨晚去看史提夫馬汀的白癡新片，挺好笑的
中午有踢踏舞課但我肯定會睡過頭...
最近發現自己有好多好多護唇膏 :>

這可愛又狼狽的一晚
哭，睡著，哭，睡著，哭... 一整天就是這樣過

晚上好險風趣的Tiffany小姐出現得正是時候
兩個人笑嘻嘻，騎上小50就衝師大夜市了
走走走，吃了鹽酥雞這一類油膩膩的療傷系junk food
挑了個最暗的樹蔭下，高高盤腿坐在石座上
有點褪色的鮮橘上衣，牛仔褲，天藍色PUMA球鞋
我拎著一袋吃不完的垃圾食物和百香綠茶
靠在Tiffany旁邊發呆發呆-----

不過只要是跟Tiffany在一起，無論在多悲的狀況下
都能至少痛快的大笑一次以上
一路上我們討論著好像無論走到哪都會遇到阿芳
阿芳簡直就是個無所不在的人嘛
我們甚至笑說阿芳一定是每天non-stop的到處走動
這阿芳的事，我們今晚起碼笑提起了兩三次

結果...當我們走進師大路頂好超市內
要幫唐媽媽買花茶時.....此時，置物架後晃出了一個人影
阿芳!!!!!!!!!!!!!!!!!!!
我看到她第一眼，馬上就很沒禮貌的爆出大笑
隨後跟上的Tiffany，抬起頭看看是怎麼回事
就瞥了那麼一眼! Tiffany也當場在超市歇斯底里的笑
天 Tiffany甚至腿軟笑倒在地上...太誇張了同學

我不知道該說什麼，我們只是一直對著阿芳大笑
阿芳妳真的是太妙了!!! what else can i say

今晚，我那退化成小學生的心和腦一片空白
我只是很開心的吃吃喝喝，偶而突然發起安靜的傻
我在文具店裡買了可以畫畫的筆
小學生的數學作業簿我要用來寫歌詞
還有兩袋彩色氣球，這麼一來發呆時至少有點事做
阿 還有一條螢光粉紅色的跳繩
真迫不及待想拆開來跳跳看

突然間，好想像小學時代一樣
用烤乳豬的姿態把自己鎖在單槓上晃來晃去
但現在那麼重，我看八成是沒可能

我想打羽毛球和pingpong，我想做所有能讓我跳上跳下的活動

秋天來的時候　我正歪著頭煩惱我過於水腫的日常生活
總是固定在一個星期中滿滿且忙碌的麻木個四五天
偶有一天是敏感到讓我心碎的　毛骨悚然的美麗是怎麼回事
空氣中像扎滿了使人流淚的奇妙觸手
一串音符　一束懶洋洋的光線　一件過大的羊毛衣
都能讓我直直墜入詭奇的哀傷和自以為是的美麗氛圍中
轉開電視機　俗不可耐的午間綜藝節目並沒有使這些鑲金邊的沮喪好轉
只是空加重我的病情　把我牽扯進昏黃的三角公園
麻花辮　達新牌雨鞋　飛壘泡泡糖葡萄口味　和哈比書套
那些無止盡轉動著的兒時回憶　可親的石松和司馬玉嬌
這時候我只是坐著不動　我聽著寧靜早晨後院的麻雀胡叫成一團
閉上眼睛聞到隔壁張姨婆家燒金紙的氣味　想到旺旺仙貝
每五分鐘習慣性的扭開護唇膏小錫盒　我的不安全感
取走特濃櫻桃口味的母親對眼珠色調奇妙的長頸鹿二號特是偏愛
「透明藍綠灰？那是什麼顏色啊？」
我低著頭　不知為什麼　想到那高傢伙第一次吃麻辣鍋的表情
突然間一個極蠢的念頭輕易噬下我秋天早晨的美麗沉溺
親愛的奶奶和媽媽　鐵金鋼女孩再次拾起棒針勾打起毛線衣
笨拙的　Something, something is changing secretly.

YOU'RE ALWAYS SO SELFISH!! :O!

純發洩

下午在手洗衣服時他打電話來
問我後來是怎麼回到家的?
好想冷冷的回他一句
"關你什麼事? 你在意過嗎?"

但我還是什麼都沒說
只說了很謝謝誰誰誰特別送我回家
我說了人家有多好, 他只是笑
他從來都是只聽自己的聲音想法

Candy用ICQ傳給我的:
"我在戀愛中發現了軟弱和自私
獨佔與霸道
也發現了自己的犧牲與成全
勇敢和付出"

今天又在誠品買了兩本日文點心書

我跟Candy說, 我也知道我們不合
可是我需要一個精神上的寄託
我想要對一個人好, 但我目前只遇到了他

為什麼看起來聰明乖巧的好女孩
卻不讓人珍惜?

還是他真的是人在福中不知福?
沮喪 + 難過 + 小生氣

反正我也呆不久, 算了

載著新光三越B1的拉麵烏龍麵和豬排蓋飯
往小巫婆隱匿的魔法屋前進
月黑風高呼啦呼啦的路上一隻黑貓也沒有
窗外有位長得像HelloKitty的水管工人經過
後車廂一塊人工果醬草皮在練揮桿
特價是人寫的空格也是那笑容很local的傢伙填的
廣播中正討論著庸俗至極的星座問題
小少女們只有在戀愛時段選擇性的虔誠迷信
『請問愛上射手座的女生我是不是很傻』
「如果你聽信我所說的那你才真的是傻瓜到不行」
然後小巫婆咻一聲騎著月光離開了
打著人工草皮和電子儀器的倒立先生直立在後
飄著蠟筆毛毛雨的車後座一隻編號19
收訊良好可惜電力不足
吸血鬼木乃伊雀斑恰奇都不要來找我
並不怕鬼只怕晚上失眠
一分鐘兩分鐘三分鐘四分鐘五分鐘六分鐘七分鐘
第八分鐘眉頭就要打成一個8字結
哈囉？有人在後車廂嗎？？
打開數位相機有隻桃紅色小熊罰站陪我等待
就快回來了就快回來了
『請問射手座的女生自己待在車裡時會害怕嗎』
「妳別讓車害怕妳就不錯了」
如果方向盤自己轉起來我就要在車頂放煙火慶祝
party on・my brave baby baby

之前好難過好難過喔!
抱著巧可在媽媽的床上滾來滾去
想著很勇敢的第一次告白那回事
又掉眼淚又不好意思的傻笑
事後自己想起來真是有夠白痴的...
現在是剛睡醒的狀態
精神飽滿臉色紅潤思緒清楚
完全沒有傷心的感覺了
想一想自己還有爺爺奶奶要愛
再不多愛一些就來不及了
什麼其他有的沒的少女情懷
現在沒有那個美國時間去憂鬱啦
想想真的有點誇張就是
我的復原力... so amazing!

HP:MAX / MP:MAX（ing 模式）

好吧!19歲我跟妳道歉
很抱歉我說了嫌棄妳的氣話
其實我還是很愛妳的啦

*** 心 *** ^____^|||

bibibobobibobo

有一瞬間我以為我們的森林就要起火了
那麼我將把所有女孩矜持下的小火花
揉成貼紙一張張黏貼在你的頸上
枕邊的悄悄話浸濕了星空
珍珠白的小月亮勾打著一件件毛衣
因為我開始感到寒冷　咳了一聲
池塘裡便湧出千百個金繡球滾動在我腳邊
膽小的我不希望遇到自稱王子的青蛙
急忙拉起連身睡衣的裙擺　赤腳踩過泥濘
森林安靜又冷漠的像一只銀湯匙
身後的大樹繫了條誇張的緞帶
抬起頭　樹上的每片葉子都變成小紙條
寫滿失眠患者的詩歌　我揉揉眼睛
接著就聽見了馬蹄聲
自森林深處傳來　帶著餅乾酥脆的質感
一匹綠色的馬　藍色眼睛和迷死人的笑靨
舔了我一口　濃濃稠稠的巧克力口水
綠色的馬喊了我一聲小公主
我沒認出是你　也或許是我刻意裝遲鈍
看著你背脊偏左的地方烙有 Made in England.
" 你認錯人了 " 我緊張的玩繞著手指頭
不擅於說謊但好強就像燒開的水一樣翻滾出壺外
這樣的我真是笨極了　不過這只是場夢
不是什麼童話故事書　那麼一起數1 2 3然後一起醒過來
這時我滿繞蕾絲的袖口中突然飛躍出一隻獨角獸
褐色眼睛　銀色的角　粉紅色毛髮和身體
我覺得手腳和耳朵漸漸地溫暖起來
粉紅色的獨角獸汩汩流出紫紅色的眼淚
就像桑椹果汁　好奇的湊進她
" 我可以親吻妳的臉頰嗎？ " 我問獨角獸
她不發一語　繼續淌著溫暖的　甜甜澀澀的眼淚
而你　綠色的馬　驕傲的甩著馬尾巴走過來
仍嘗試用你迷人的笑容和瀟灑的氣質
來拯救整個森林的枯萎和悲傷
這樣的仁慈有些惱人　因為你正打算離開這裡
夏夜的月光下被灌了滿滿的蟬鳴和蛙叫
我跟獨角獸一塊在森林中等待著太陽升起
而森林外有成群的美人魚在海岸邊拍打著尾巴等你寵幸

封箱的時候他正被四五本字典百科壓得喘不過氣來
就這樣噢把這個壞小子藏在厚厚的書本底下吧
隔壁家廚房有人在聽廣播
the cure - all i have to do is kill her
這時候妳覺得頭好痛　妳從胃裡嘔吐出一條跳繩
天花板上月亮型的小喇叭也感到搖搖欲墜
它決定打開嘴巴很大聲的唱著
strawberry story - last thing that you say
奧麗薇膠帶偏激綑綁著一箱箱的強尼 says goodbye
妳把紫色假睫毛貼在舌尖　眼淚或者口水像兇悍的瀑布
想起強尼牙刷上的卡通蜘蛛人圖樣　妳是完美迷人的自由女神像
夏天剛離開時　翻著嬰兒食譜妳正想著兒子是否該取叫Robinson
女兒的話就叫作Chinatown吧　在她額前有排厚厚的烏黑瀏海
透著像絲絨般美麗的光澤　十七歲時她會在中國餐館打工
一些通紅著臉的老主顧總暱稱她為在唐人街端盤子的仙度瑞拉
過了二十二歲那年　沒有王子出現　沒有一雙玻璃鞋
鐘聲撞得她不知所措　她皺眉頭吃起油膩的春捲
是呀　她是有雙明亮黑眼睛的中國娃娃　她叫作Chinatown
二十三歲時她嫁給一個銷售輪胎的白人小子　因為愛
他們總是在看笑料過時的脫口秀節目　她突然感到迷惘
每天早晨八點起床　她習慣對著浴室鏡中的自己吐口水
沒有小孩　而她的哥哥Robinson此時正過著逍遙日子
身上蓋著市區撿來的大紙箱　養了一隻流浪犬但名字不叫星期五
偶而Chinatown會買兩杯熱咖啡　約Robinson到公園聊聊天
然後他們會談到那個愛他們的媽媽　及壞小子強尼爸爸
想到這裡　總是會害妳拉肚子　而妳也十分清楚
他們還是在 那 裡　既無法被封進紙箱　也無法被沖進馬桶裡
就這樣吧　突然間電鈴響了　打開大門妳抬起頭
妳這輩子沒見過牙齒排列這麼整齊漂亮的男子
「這是您訂的起司培根PIZZA」他咧開嘴笑出一排光亮
摸摸肚子　妳開始懷疑自己想吃的究竟是CHEESE PIZZA還是他

國家圖書館出版品預行編目資料

我的低傳眞彩虹生活=My lo-fi rainbow life／
唐愷希圖文.－－初版.－－
臺北市：大塊文化，2005【民94】
面；　公分.－－(catch；95)

ISBN 986-7291-46-8(平裝)

855　　　　94011004